淡抹韶华依稀醉

BEST MEMORIES

柴振方 著

团结出版社

图书在版编目（CIP）数据

淡抹韶华依稀醉 / 柴振方著. -- 北京：团结出版社，2015.10
 ISBN 978-7-5126-3841-9

Ⅰ. ①淡… Ⅱ. ①柴… Ⅲ. ①随笔－作品集－中国－当代 Ⅳ. ①I267.1

中国版本图书馆CIP数据核字(2015)第208249号

淡抹韶华依稀醉

出　版：团结出版社
（北京市东城区东皇城根南街84号　邮编：100006）
电　话：（010）65228880　65244790
网　址：www.tjpress.com
E-mail：65244790@163.com
经　销：全国新华书店
印　刷：北京华忠兴业印刷有限公司

开　本：880×1230　1/32
字　数：150千字
印　张：7.75
版　次：2015年10月第1版
印　次：2015年10月第1次印刷

书　号：ISBN 978-7-5126-3841-9
定　价：26.80元

（版权所属，盗版必究）

卷首诗

风刀霜剑,
我凝望血花,
烽火狼烟,
我自横刀立马,
纵步天涯,
难寻你沏的花茶。
无奈,
金甲也锁不住牵挂。
还要涅槃几载,
思念不再成记挂?

月黑,画戟未眠,
绝笔,墨迹已干,
未及凯旋,
竟不见了你的容颜。

怨我,
煮酒论剑,斩不断往昔流年。

南征北战,却落得
晚年病榻,
青史已垂名,
可谁人会记起、
我的风烛残年
竟少了,你一生的戎马。

万千江山,
你的运筹帷幄,
一纸思念,
我的四面楚歌。
宿敌来犯,
我手起却难刀落。
将星陨落,
谁人又见那三军高歌?

敷衍,虽知谈笑间,
王朝已没。
不该,与你有几多纠葛,
徒有悲添、乱了心魔。

只惜烈酒一盏，却也燃不尽
梦中铅华，
叹一句、当年好景
也只是虚设。
杀敌再难如麻，
献你、手捧的牵挂；
帝都已破，你夷灭了烽火，
可不可、别赠我
百年寂寞？

风花雪月、一人成说，
都不及你三言两句，
浅论我功过；
褴褛了衣衫，
只等你、抹去纠葛。

天香国色，你
独揽王座，
赏一口浊酒，
我一笑又怎能快乐？
隐没了落拓，褪去了骄奢，
无人再闻见、
我无名的骊歌。

淡抹韶华依稀醉

我希望在这个滥情的世界里,
寻得一片净土,
忘却浮名,褪去华服,
留出生命的空白,
将回忆如酒,任自己挥洒笔墨。
回忆不奉陪,
淡抹依稀醉。

终要和回忆相遇,往事变成不散的筵席。

序

每个人都有自己的故事，但有个叫时间的东西，让它们变成了记忆。或者是，有的人站在原地，等风儿吹走了故事的色彩，只留下黑白的画面，映在脑海里，成了夜晚中流着泪的美梦。

我不希望曾经的那些人、那点事被时间遗忘，也不奢望这些故事可以流传多广，只要多年以后，再翻开这本书时，我可以默默地骂一句"幼稚"，然后自豪地说"对于这个滥情的世界，这是我真实的声音"就好。

我不会在回忆里烂醉，只需要在回想时，露出隐约笑意，汲取一丝力量，那么，曾经一切的一切，都是值得的。

这本书是一个高中生完成的。

也许，你会从中看到自己的影子。

这些故事，有的是我亲身经历，有的仅仅是我有所耳闻；有的是确有其事，有的却是乱侃一通……那么，有的主角是独一无二的，有的主角却是"蒙太奇"后的"影帝"。

也许你会觉得它正合你口味，然后放在枕边；也许你会觉得这是无病呻吟，然后随手丢得很远。然而无论好与坏，我都感到抱歉，因为我无法赔给你，也无论褒与贬，我都感觉无所谓，因为这只是一个高中生内心深处的独白。

　　淡抹韶华，青春的主角——在这里登场，一路挥毫泼墨，留下自己浓墨重彩的一笔。在青春的旅行中，如果我找不到那片净土，让自己忘却浮名，褪去华服，那么，我就把这本书里的世界，当作一个暂时的栖息地，这里的人从不滥情，这里的人从不怀有敌意。

　　就像书名说的那样，思念不奉陪，淡抹依稀醉。

[目录]

第一站,流年

凉年流转里 /3

那个迷惘的少年 /15

四分之二 /27

"文"与"理"的战争 /38

四海为家 /44

第二站,遇见

没有沙子的沙漏　/57

灰色城市　/68

爸爸的礼物　/82

坏孩子　/92

老班长　/100

九型人格　/111

第三站，陪伴

闺密　/143

被遗忘的故事　/149

多年与安暖　/158

老朋友　/171

百年与孤独　/182

让我做完这道题　/194

下一站，去哪里

明天　/207

明年　/210

孤独的操练　/212

埋单　/216

单人旅途　/220

旧人梦　/223

无眠　/227

成事在天　/230

后记　/233

第一站,流年

在流年里放歌,

在流年里欢笑,

在流年里彷徨,

在流年里落寞,

在流年里发呆,

在流年里感慨,

我们在流年里同行,

忘记花开。

凉年流转里

梦不到远方,我只好无助地张望,雨水打湿眼眶,我遗忘了你的脸庞。我触及黑暗,迷失了光亮,你略带微笑,远走他乡。

一

第一次见陆允是在七年级,后来到了八年级,我们就认识了。刚分班那会儿,我和她前后位儿,她在前,我在后,她考第一,我考第二。这种默契保持了很久。

在初中她并没有多少新奇的故事,与很多人一样,谈过恋爱,失恋也是潇洒地转身,然后继续自己的生活,一切风平浪静。但在这几年里,她做得最多的还是单纯地学习。

特别是上课她起来回答问题的时候,我觉得她帅呆了。在我印象里,无论初中还是高中,都不曾记得她有答错的时候。

林建总和我在暗地里窃窃私语。

"女神啊。"林建叹气。

"你羡慕?"

林建摇摇头，说："只是感觉很迷人。"

"那我呢？"

林建白了我一眼，向旁边靠了靠。

我无奈地闭上眼睛，攥起拳头。

林建见状，赶忙说："挺好的。"

我瞪了他一眼，"说实话。"

"没陆允好。"

我笑笑，说："我也这么觉得。"

我抬头看看陆允，她的背影没有那么伟岸，却让人觉得那双肩膀能承受一切命运的重压。

努力就能拥抱成功，用心才能换来好运。她是这么说的，也是这么做的。诚然，她迷人的背后是我未曾体验的煎熬，无数个日日夜夜，分分秒秒，焚膏继晷，日以继夜。

在初中那会儿，还没有"学霸"、"学渣"这些词语，但如果放到现在来讲，我对陆允的定义是"有学霸的命运，有学霸的心"。而对我自己的定义则是"有学霸的命运，却有着学渣的心"。也可能因为这个缘故，我和陆允没有成为学习上的宿敌，而成了平日里的挚友。这种关系一直延续到后来的高中。

中考那年，她和林建一样，分到了不同的班级。从那以后，可能是迫于学习的压力，我们没怎么联系过。体育考试时，我见到了她。那时，她正准备上800米的赛道。

我走到她旁边，说："打算跑第几？"

她笑笑："倒数第二。"

我大笑一声："好，有骨气！"

她向我吐吐舌头。

我见自己的队伍走远,就赶忙道了别。后来,我们男生在操场外热身时,我看见她跑了第一。

在赛场出口我碰到她时,扔给她一瓶矿泉水,说:"不错嘛,我刮目相看啊。"

她熟练地接过瓶子,漱了漱口,说:"那是,真人不露相嘛。"

我点点头。

二

中考结束那天,一切都是恰好,阳光明媚却不炽热,微笑启齿却不疯狂。我恰好赶上回家的末班车,陆允也恰好坐在我的身边。车上的人都在兴奋地讨论着下一步的计划,成绩早被远远抛在脑后。

陆允一个人靠在窗边,静静地独览着窗外的风景。喧闹吵不醒她正在陶醉的灵魂,她眨着清澈的明眸,却读不出里面包裹着的是喜悦还是落寞,我在她身边坐下,机械式地问了一句:"考得如何?"

她微微一笑,依旧望着窗外,说:"挺好的。"

她沉默了一会儿,又说:"这次你有没有拼尽全力?"

我皱了皱眉,说:"我也不知道,应该是吧。"

她点了点头,笑着说:"那就好。"

大巴车缓缓启动,迎面的风愈发热情,车上的人还在忘我地狂欢,只有陆允在享受自己的世界。

"如果超人会飞,那就让我在空中停一停歇,再次俯瞰这个世界,会让我觉得好一些。拯救地球好累,虽然有些疲惫但我还是会,不要问我哭过了没,因为超人不能流眼泪。"

风儿吹乱她的头发,吹起她的嘴角。她迎风闭上眼睛,甜甜地唱起了周杰伦的《超人不会飞》。最自然的轮廓镶嵌在最自然的美景里。我曾希望那时的自己,眼睛如快门,眨一下就能定格下最美的画面,然后珍藏于心,珍享一生。

时间越走越长,想念越思越重,记忆一点点堆积,陆允长成了我心底那位不可亵渎的女神。

到了高中,我和她又被分到了同一个班级。我依旧安逸,她依旧努力。她那句"努力就能拥抱成功,用心才能换来好运"被老师看中,被誊写到宣传栏上以激励其他同学。陆允的身边总围绕着一些朋友,点缀着她的生命,后来,她遇到了他。

超人的心思被挖空,那学习上的漏洞只好用吃饭的时间来堆砌。奔波与努力才是她生命的归宿,我这样想。

"爱情也需要努力,相爱也需要用心。"陆允和叶谦一起勾勒着未来,想象着总有一天,他们可以飞越山巅,找到锦花簇拥的神庙,在那里,馥郁的花香萦绕身旁,清晨沐浴阳光,向晚静待夜凉,看无数遍花开花落,待无数次春去秋来。

多少个寒来暑往,多少个日思夜想,两人会携手同行,而周围是漫天的黄叶,浪漫的气氛妆化肃杀的景象,一个眼神也能黯淡光年外的星光。也许爱情就是这样,有你在,天空就是蓝的。

陆允和叶谦在一起的消息，如同长了翅膀，传得满城皆知。当然，这里面，也包括老师。高中的生涯里，他们被老师暗示过无数次，可这一段情感，如同流传的故事一样，很难去搁置。陆允用成绩一次次悄无声息地为自己辩护，两人的感情也日渐坚固。他们演绎的故事，是让别人都羡慕过的，他们就是夺目的主角，我也庆幸自己见证了这场凉年里的爱情。

"我要把汗水注满坎坷之路，这样我才能游得更欢畅。"高二一次期中考试，至今我记忆犹新。

我和陆允分到同一个考场，恰好在考试之前，陆允问过我很多数学题，考试前夕，她还问我如何做到正常发挥。

"进了考场，保持高冷就行了。"

她略加思索，便笑了。

第一天考试结束后，我们上晚自习。一个课间，我看她和闺蜜聊天，一边笑，一边流泪。我叫了她一声，她朝我看了一眼，她的眼神里写满了悲伤和倔强，却不忘时刻保持微笑。

我想起那首歌：不要问我哭过了没，因为超人不能流眼泪。

陆允看了我一眼之后就马上回过头去，她的闺蜜胡乱比画了几下，意思是情侣间出现了小小的问题。我会意后，继续看校外的夜景：校外的街道上落满了橘黄色的灯光，公交站牌边站着一位等车的姑娘。暖色灯光渲染了浪漫和悲伤的气氛；我再看看教室里，好几个人聚在一起，热火朝天地讨论白天的"战况"。

第二天陆允又"满血复活"，坐在考场里回头张望。我和她对视一眼,做出一个"气沉丹田"的动作,她心领神会,微微一笑,回过头去了。

后来,她考了全市第二名。她说要请我吃饭,不过现在我却记不起她是不是履行了承诺。

三

"默生,放假了你去哪玩?"陆允在整理着书包,准备回家。

我撇撇嘴,说:"哪也不去,在家写书。"

"要不你写写我吧?"

"没问题,只要你看得上我这拙笔。"

"咦,你这话说的。"

"那你想个好听点儿的题目吧。"

"脑容量有点小,待我考虑一晚。你要把我写得温柔点,体贴一点……"

"得,我如实反映就差不了。"

她笑着点点头。

第二天大早,她发来消息:"《凉年流转拗不过初心》,怎么样?"

我回她:"为什么是凉年?"

"时光易逝,人心易凉。"

我说:"我改改怎么样?"

她问改什么。我回答说:"就改成《凉年流转里》吧。"

"好,你好好写,把我写得温柔、体贴、善解人意、谈吐不凡、风度翩翩……"我回了一个大大的、无奈的表情,就去写文章了。

时间踏着秋风的脚步呼啸而来,我们在作业本上写下的年级大了一届,眨眼多年已过,看看身边的人,竟陪自己走过了长长的岁月。我还在殚精竭虑地写着与我人生平行的那一条单行道上发生的故事,不知不觉间,却和他们已经走到了人生的岔路口。

陆允没有和叶谦去同一所大学,分别那天,陆允眼眶红肿,倚在黄叶簇拥的树干上。

叶谦平静地说:"三年一眨眼就过去了,超人可不能流眼泪。"

陆允的泪水一下子涌流,她抱起叶谦肆意地发泄着自己的悲恸。黄叶还在飘落,可当年黄叶满天下那携手同行的两个身影,却不见了踪迹。

艰苦难熬的异地恋似乎真的击垮了凉年里堆积的情感,一年之后,两人和平分手。

"为什么分手?"我问。

陆允强忍着泪水,挤出一丝笑容,说:"不知道,日子平淡了或者是受不了了。"

我若有所思地点点头,但我并不懂。

美好无论积累多少,都会变成回忆;激情无论怎么燃烧,终会变成灰烬。

"也许他只是想休息一会儿,那我就等等他。"

超人真的好累,不但要拯救世界,还要守护自己内心那片小小的世界。

四

几年后,我又碰到了陆允。

"默生,张嘉佳有一句话,我很喜欢,你能不能也写给我一句这样的话?"

我问:"哪一句话?"她从包中小心地取出一张明信片,背面上是陆允的正楷:

"山是清的,水是碧的,人没有老去,就看不见了。少年坐在台阶上,转眼就是白发苍苍,这一等,就花完了手中所有的岁月。"

我看着她的字出神,突然记起那年在宣传栏上誊写的陆允的那句话:努力就能拥抱成功,用心才能换来好运。

没错,努力就能拥抱成功,用心才能换来好运,然而爱情是特例。有人愈是安逸,就愈是幸运。可命运却还不容许你质疑的权利,就连死亡也会让你觉得心服口服。

我小心地把明信片还给她,说:"我试试吧。"

她淡淡一笑,说:"好,那我就等好了。"

"如果叶谦他回来找你,你还会接受他吗?"我还是忍不住问了。

陆允的眼神一下子逃得很远,她张望半天后,眼眶已经红肿。但她依然平静地说:"我不想幻想这些未来的可能与不可能,而浪费不必要浪费的时间,你别再问了。"

我点点头，说："超人可不会流眼泪。"

她笑了，一滴泪珠划过脸庞，曲曲折折的痕迹如同青春里跌跌撞撞的脚步，最后迷失在空气与脸庞的界点。

接下来的一段日子里，我思前想后，也没有写出一句像样的句子。几年前陆允和我约好的这篇文章，我改了又改，也始终没有拿给主角去过目。于是我做了些什么，就当是对自己失约的弥补。

在一个风和日丽的下午，我给陆允打去了电话。

"在哪儿？"

"在家，有什么事吗？"

"嗯，有点儿事，你去你家门口等我，我去找你。"

"噢，好的。"

"对了，穿得漂亮点。"

"为什么？"

"别问为什么，听我的错不了。"

她沉默了一会儿，说："以前叶谦送我一条裙子，穿它怎么样？"

我不假思索："好！"

我驾车穿梭在这个拥挤的城市中，路上的行人都皱着眉头，匆匆地赶自己的路。

我把车窗调到最低，看到坐在台阶上的陆允。陆允穿着一条长裙，坐在台阶上，用双手托着头，眉头紧锁，我和她对视一眼，她忧伤地笑起来。

我下车向她走去，面带微笑，说："你让我写的句子，我写完了。"

她表情不变，但睁大眼睛，说："拿给我看看。"

我轻声一笑，让她朝车看去。

这时，叶谦从车上下来，跑到陆允跟前。斜阳下是久久的沉默，对视的双方如同穿越了时空，忘记了花开。

"对不起，我好想你。"叶谦哽咽地说道。

陆允脸上早已是热泪两行，她扑到叶谦怀里，捶着他的胸膛，骂着"混蛋"。两个人搂在一起又是流泪，又是欢笑。我在想，也许喜剧的结尾就是这样，泪水与微笑无处可逃，全都要体现在主角的脸上。

两个人抱了好久，我在一旁也看腻了，无奈之下故意咳嗽了一声，吵醒了他俩的美梦。我微笑着把他俩推上车，踢了踢车轮示意叶谦开走。两个人笑着，甜蜜的味道也被我嗅到了。

"默生，"陆允突然叫了一声，"谢谢你。"

我尴尬地笑起来，摆摆手。

车缓缓远去，消失在分岔的路口。斜阳当头，温暖了凉年，主角们还在这里登场，只怀着当年的初心，摒弃了所有浮夸。

我站在原地，虔诚地祈祷，祈祷我的车子可以载着他们，由繁花似锦，到荒凉芜秽，从星火璀璨，到灯火阑珊，一路放歌，一路欢笑，任凉年流转，天空也依旧蔚蓝。

到那时，他们就应该会把车子还给我了。

后来我想，不还也好，就一路开下去，永远也不要到站。

后记

我记得当年在高中，陆允曾发表过一次演讲："我喜欢现实，因为它很真实，不虚每一寸色彩。可我更喜欢取代现实，即便它很残酷，可是没有关系，我会更残酷，更果敢。"

激情易燃，可终究烧不尽多年堆砌的情感，人心易凉，也冷却不了当年初心的炽热。任时光流逝，岁月苍老，凉年拗不过初心，现实打不败果敢。

陆允总在感谢我的"句子"。面对这种情况，我只是无奈地笑笑。

我想，当两颗久违的心再次相遇，原来长久的寂寞也一定会碰撞出令人羡慕的火光。我只是故事的配角，或者，我希望自己是故事的编剧。但两个人的故事剧本，早已经写下。

后来，我还是硬着头皮，用我干瘪的文字写下了陆允的故事。当我把它拿给陆允看时，她笑笑，点点头，又摇摇头。她或许也明白了，在这场风雨里，真正需要感谢的人，不是我，而是他们彼此。故事的主角支配着观众们内心的酸甜苦辣咸，配角在闪光灯下，只是为了陪衬，为了情节的发展。

"默生！"陆允叫我的名字。

我疑惑地望着她，她又像当年一样，唱起了那首歌："拯救地球好累，可我还是会，不要问我哭过了没，因为超人不能流眼泪。"

我们都笑了，岁月流过我们身边，仿佛触手可及，远远的背影渐渐明晰。还好,等到了你。

　　回家之后,我随手翻了几下给陆允看过的手稿,密密麻麻的小字上有一段她留下的正楷,跟在一句话后面,如同形影不离的恋人,闪烁着初心的光辉:

　　努力就能拥抱成功,用心才能换来好运,然而爱情是特例,有人愈是安逸,就愈是幸运,可命运却还不容许你质疑的权利,就连死亡也会让你觉得心服口服。

　　那么,没关系,我做特例里的特例。

　　凉年流转里,拗不过初心,还好,我等到你。

　　一字一句,都是写给你的情诗,别再离开,剩下的岁月,你要陪我流徙。

那个迷惘的少年

山谷深处的老人翻山越岭,蓦然凝望,满目苍茫;城市深处的少年披荆斩棘,笑容沧桑,遍体鳞伤。

林建虽经历过大起大落,却依旧是那个迷惘的少年。

一

桥头饭店外面,流水冲刷着所有的喧闹,我静静坐在饭馆小屋内,独自一人喝着茶。七点整,一辆大切诺基缓缓停在饭馆门口,一位略微发胖的少年走下车,径直向我走来。他就是林建,比我大三岁,却是陪伴了我七年的同桌。

我们是同一个村的,小学二年级的时候,他创纪录地连留两次级,终于成就了我们六年同桌的"旷世情缘"。因为他那时个子高、力气大,班里人都怕他三分。可他脾气甚好,对他好的人,从来不会吃亏。可惜的是,他唯独讨厌像我这种认真乖巧、学习上进的"好学生"。原因,就在于他那句与日月同辉,与时间争长的口头禅——大丈夫志在四方。

这恐怕是他在学生时代唯一记住的名言了，就连跟老师斗嘴的时候都不忘说个昏天黑地，气得老师拳脚相加。于是老师把这个"眼中钉"丢给我做同桌，希望我可以用言行感化他。

从此，他便抓住每一个机会，时刻向我灌输四人帮"读书无用"的极端主义思想，企图让我加入他的帮派，做他的军师，统领几个"下等兵"，一起不交作业。可我作为坚定的马克思主义信仰者，最终还是没有被他诱惑。每次败下阵来，他都不忘吐口唾沫，在心里骂一声娘，然后脱口而出：大丈夫志在四方，不交作业，你奈我何？

从二年级到六年级，我们一直延续着同桌关系的神话。我觉得我们就是最般配的组合——每次考试，我考第一，他考倒数第一。

后来去了初中，他也跟上了我的脚步，再次和我同桌一年。那，这一年，我再没考过第一，他也没再考倒数第一：他在倒数第二安营扎寨，我在前二十颠沛流离。

中考那年，我们被分到了不同的班级，七年的同班生涯随之宣告结束。每个人都在忙于学习，我们还没来得及告别，在一个风和日丽早上，他和级部主任打了一架。

这一架，不仅让主任颜面扫地，更是让林建提前终结了学生时代，被逐出了校门。

此后，他的 QQ 头像再也没亮过，本人也一直没再出现在我的视野里。此别，四年未见。

"大老板真是准时,一分不差。不知四年未见,今日召我,有何要紧之事?"我调侃道。

"多年不见,你还是这么特别。可别讽刺我、挖苦我了。"他挤出一丝笑容,默默坐下。我感觉气氛不对,便收回80%的笑容。

他掏出一支我从未见过的大雪茄,深深地吸了一口,"默生,这些年,你过得还好吧。"说罢,雪茄重重跌在桌子上,泪水如决堤的洪水,浇灭了燃烧的雪茄。

"兄弟相聚,你哭什么,多大人了?"我重新给他点燃了那支雪茄,递给他。于是,一支雪茄,一杯热茶,他开始向我讲述他的故事:

二

"离开学校后,我终于知道你为什么叫我"迷惘的少年"了。我真的不知道自己会做什么,该做什么。有时觉得人生就这样完了。于是在家颓废了半年,18岁生日那天,我瞒着家里人,一人南下,去了广州。我每每回想起那次打架的事,就发誓自己一定要混出个人样来。但那时我只配去车间做维修工人。因为手脚麻利,加上学生时代统领帮派的经验,很快被提升为车间经理。后来老总来基层视察,可能看我面善,就调我去给他做助理。于是不到三个月,我从麻雀蜕变成凤凰。突如其来的幸福,自己都不知所措,有时做梦也会笑醒。虽然日子是有盼头了,但总感觉未来遥遥无期,还是迷惘吧。再后来,我吸了毒,锒铛入狱，被关了三年，两个月前才被释放。还好老总没有放弃我，给我在咱市的子公司找了一份体面的差事，配了一辆切诺基。我不是老板，我过的，还好吧。"

  四年的故事，要叙，也只是一盏茶的功夫。雪茄已经吸完了，最后一缕青烟慢慢弥漫开来，落到世界的每一个角落，让每一处都散发忧伤。
  四年，想要说的一肚子话，都变成了"你还好吗"；
  四年，想要叙的一大段经历，都变成了"我很好"。
  听完他的叙述，我剩余的 20% 的笑容也早已僵在了脸上。良久，我说道："回来就好。"

  这时，一个满目苍茫的少年出现在我的脑海中。把时间拨到十二年前，一个孩子站在夕阳下，目光停留在远方。落日把他的影子拉得老长，满脸都是迷惘，满身都是惆怅。
  一个满身正气的孩子在他背后质问他："你为什么拉帮结派，不交作业，还跟老师作对？"
  他回答："大丈夫志在四方！"
  "那你的志呢？"
  他又回答："大丈夫志在四方！"
  "你根本没有志向，还说自己大丈夫，呸！"
  这次他没再回答。
  孩子站在原地，等着夜幕笼罩天空，然后一个人把星星看遍，直到妈妈打着手电筒找到他，才扑进妈妈怀里啜泣。

第二天回到学校，林建问我："默生，你这么努力地学习是为啥？"

"我妈说了，好好学习，才能考上清华北大，担任主席总理，完成祖国统一。"

"哦。"

"你呢？你天天不学习，长大了想做什么？"

"不知道。"

"昨天不是还说大丈夫志在四方吗？"

"哼，你懂什么，大丈夫就得有最远大的理想……"

没等他说完，我就挥动我稚嫩的小手打断他："你还小，还不懂。"我瞥了他一眼——他的眼睛睁得跟脸一样圆，直勾勾盯着我。一股刺骨的清凉由腰部经脊背而上，直逼后脑勺。算了，不管他了，我去做道题冷静一下。

理想太高，无论怎么攀爬都是仰望。与其说志在四方，不如说没有方向。林建就是这么一个迷惘而又倔强的少年，执迷不悟，坚信自己是大丈夫，有最远大的目标。

2008年，波士顿人在自己的城市打败来访的洛杉矶人，捧起奥布莱恩杯。无数"科蜜"黯然神伤，有的痛哭流涕，有的死去活来，有的默默叹息，有的高呼"我永远支持科比"。

林建就是一个不折不扣的"科蜜"，而我当时大为欣赏凯尔特人的新人隆多。

金属摩擦，必有火花。

我们两人剑拔弩张，为这次决赛压下了赌注——谁输了就去向暗恋的女生表白。于是有了后来林建在操场上，手捧一束油菜花，在我一个人的大呼小叫中向陶醉表白的那一幕。

出乎意料的是，一向不与男生说话的陶醉，却接过了林建手中的花，而林建竟然不知所措，冒出了一句"要不要我再给你摘点"。

不远处的我惊呼道："原来表白这么简单，早说啊。"当即跑回教室，对着班长大喊：班长，我们谈恋爱吧！

班长头也没抬，"才多大就想谈恋爱，回去学习！"

"哦……"我转身看到窗外的林建和陶醉，眼睛一亮，又喊道："班长你看，林建和陶醉牵着手呢！"

"那是他俩手里攥着东西呢。"班长微微抬头，刘海遮住她漂亮的眼睛。

我暗忖：这么弱智的理由也想得出来。顿时心头一热，以迅雷不及掩耳之势揉出一个纸团，抓起班长的手就说："那现在咱俩手里也攥着东西了。"

班长用力一甩，"滚！"

于是从那以后，班长再没理过我。

林建输掉了赌局，却怀抱了梦里的幸福。所有"科蜜"都在忧伤，唯独他悲喜交加，年少无知却拥有了最纯洁的感情，虽然不知道未来在哪里，但两个人紧紧相依，彼此就是未来，彼此就是所有。所以，就算林建蒸发了四年，陶醉还是痴痴等了四年。而林建说到底，还是迷惘的，看不到幸福的路标，便转身放弃,一个人去跌跌撞撞。

三

虽说往事如烟,一挥即散,但它时时萦绕心头,挥之不去。所以林建又点燃了一支烟。

"还记得陶醉吗?"我信口一问。

"记得啊。"

"联系过吗?"

他摇摇头。

"为什么?"我步步紧逼。

他叹了口气,掸了掸烟灰:"没脸啦。"

"她等了你四年。"我幽幽地说道。

他低下头,许久,才开口说道:"她是个好女孩,现在我的人格已经有污点了,不能耽误了她,也不希望她以后因为和我在一起而抬不起头。你找个机会帮我道个歉吧,说我欠她的,我没脸见她。"

我只好点头答应。

"跟我去村里走走吧,想它了。"林建说。

坐上他的切诺基,路过傍晚的街口,华灯初上,小村庄渐渐繁华。道路两旁微风习习,小草随风泛着波浪。老人坐着小马扎,对着一群满脸好奇的孩子,从抗日战争侃到改革开放。

回到了林建以前塌败的房子,这座跨越了半个世纪的小土屋，满目的沧桑讲述了它历经的风雨。家门边竖着一棵枯死的树，而院子里的一棵槐树，却是枝繁叶茂，在黑夜里摇摆着傲人的秀发。

老人已经去城里享清福去了，两棵树陪着老房子，等待着未知的末日。

"我在牢里听说新农村建设搞得风风火火，可俺家怎么还是这烂样？"

我摊开双手，"我不知道。"

"咦，太不关心国家大事了，"他讥讽道。

"哼，我起码知道换了主席。"

他爽朗地笑起来，"反正又不是你，你激动啥？对了，为啥人们都叫他'习大大'？"

"'大大'好像是领导的称呼。"我信誓旦旦地说。

"哦，那为什么人们不叫'胡大大'？"

我什么也没说，只白了他一眼。他察觉到了，露出了阴暗的笑容。因为，在我们这的方言里，"胡大大"的发音极像一种指责人的话。

"要不要找老朋友们给你接风？"走在乌黑的巷子里，我突然来了这么一句。

"算啦，都来看我笑话吗？心领了，谁好谁不好我都记得呢。"他低着头，甩着腿，慢慢地向前走。

"天不早了，你快回城里吧。"

"好吧，有空再来看你，你保重。"

我没有回答，看着他上了车，缓缓地开动了，便笑着说道："兄弟四年未见,第一次相逢你就说谎,下一次你得好好请我吃饭。"

林建皱皱眉头,呆望着我。

我低下头悠悠地说:"你没吸过毒吧?"

"我就知道,什么也骗不了你。"他淡淡一笑,却马上流露出一丝不易察觉的忧伤。

车的背影渐渐被黑暗吞噬,最终迷失在地平线上。那里,也许是林建的方向,也许是林建的家乡。

四

春节前,我收到了林建的邀请函——他邀请了很多好友一起聚一聚。

我想都没想,没有应邀。

是的,我把邀请函寄给了陶醉,我知道,陶醉和林建都需要一次重逢。

春节过后,我在乡下的小屋里安静地喝着茶。哒哒的脚步声打破了我和午后的对话,我抬头一看,院子里,林建挽着陶醉的手,稳稳地走着,一步,两步,来到了我的门前。

我微微一笑,三个人心照不宣,纷纷就坐。

对话的内容我早已经忘记,只记得林建和陶醉很幸福,这样就好了,历经磨难的两个人,终于修成正果了。林建紧紧握着陶醉的手,就像年少无知那年,虽然不知道未来在哪里,但两个人紧紧相依,坚定地一步一步地走着,好像这样就可以走过各自的青春年华，逃出各自的年少无知。

后来，在林建的朋友圈里，到处都是他和陶醉的照片，有搞怪的，有唯美的，有严肃的，也有正式的。

很自然的，两个人订婚了。仪式我没有参加，我得留着肚子，参加他们的婚礼。

几个月后的一个夜晚，我正在电脑前刷着朋友圈，突然被急促的敲门声吓得魂飞魄散。我打开门一看，是林建。

他头发蓬乱，一看就知道至少有一星期没有洗了，脸色也很憔悴，眼圈也黑黑的。我问出了什么事，他什么也没说，他从上衣的里口袋掏出一张银行卡，递给我说："默生，现在这些钱交给你了，好好支配它们。你保重。"

我觉得事情不对，刚要问什么情况，他已经走远。我打电话给陶醉，陶醉告诉了我实情：

林建第一次回来时确实对我撒了谎，其实吸毒的并不是他，而是他的老板。警方查到了老板，但是老板却把林建找来，做了替罪羔羊。三年的时光，林建挥霍在了牢狱内，换来的只是毫无用处的金钱，但是令林建欣慰的，莫过于他的老板把他的妈妈当自己亲妈一样伺候了三年。可是事情并没有结束，警方又查到老板吸毒、贩毒的罪证，于是起诉林建给犯罪人做假证。

想到林建又难逃牢狱之灾，陶醉哭哑了嗓子。

我呆呆地放下电话，把那张银行卡夹在了书架上的《圣经》里。我想，永远不要动它，等到林建出来，再还给他。

我也没有去安慰陶醉，当然，我也不知道怎么去安慰。

"当镜中人只剩下一人，连静止也光顾匆匆地钟摆；当思念让我的世界只剩下黑白，那年的街景还在不在。"看到陶醉的动态，我也会莫名其妙地心碎。这次磨难也许是这两位情侣之间最后一次考验了吧，我知道，陶醉还会等着林建，尽管再等三年，自己就不再年轻漂亮了。

后记

出人意料的是，婚礼如期举行，而主角也没有发生变化。

婚礼在教堂举行，新郎身着笔挺的西装，手捧一束鲜花，等待着新娘。新娘拖着长长的裙子，优雅地走过红地毯，宛若一个落入凡尘的天使。两人交换誓言，交换戒指，陶醉开心地笑了，笑着笑着就哭了。林建轻轻拭去新娘脸上的泪水，挽着她的胳膊，在家人的欢笑中慢慢地走过红地毯，走过青春年华，走过了此间少年。

晚会上，我问林建事情的经过，陶醉躲在林建身后偷偷地笑，林建一抿嘴，把我拉到桌子上坐下，幽幽地说：

"陶醉为我做了假证，但是我感觉她漏洞百出，我想应该是我老板暗地里收买了相关人员吧，我无罪释放，他判了好几年。但是不管怎样，陶醉是我这辈子必须要珍惜的人。"

说到这里，林建伸手攥住了陶醉的手，一丝笑意，在她脸上晕开，很快就遍布脸部的各个部位。

"谁让他以前那么傻，还好他老板良心发现，要是以后他再被起诉，我们就一起坐牢了，在牢里做夫妻，我还没有体验过呢。"

我呵呵一笑，等酒过三巡，我就离开了。

青春的故事里，他是最迷惘的主角；青春的牌桌上，他是最大的赢家。那个迷惘的少年，或许找到了自己的路，但是无论是与否，他已经找到了自己的幸福，两个迷惘的少年，彼此依偎，手牵着手，就不再迷惘了。

四分之二

因为心生欢喜，所以为你，奋不顾身；因为两情相悦，所以陪你，颠沛流离。

这个世界是献给你的情诗，呼吸是你，微笑是你，快乐是你，幸福是你，这一字一句，都是你的影子。

多么希望，我是因为，你是所以，我们是最和谐的般配。

可惜，我只是你生命的四分之二，不是二分之一。

一

高一放寒假那会儿，我独自回学校取东西。推开堆积了些许尘垢的教室门，目之所及，狼藉一片。我想起放假那天，朋友们脸上难以掩饰的喜悦和铃响那刻空中书本飞舞的场景，不禁笑了起来。

我坐到自己的桌子上，那是教室最后排的一个单人桌，我曾经在那里看完了班里所有人的背影。直到现在，我还能在脑海里勾勒出他们的轮廓。我莫名其妙地发着呆，直到楼管员到教室门口催促，我才记起自己的事情。我手忙脚乱地翻着厚厚的一叠书本，终于准备离开时，不经意间瞥到垃圾桶内那本包装精美的手札。

我下意识地捡起来，吹了吹上面的灰尘，它的扉页上是连城的名字，第二页是古馨的照片。时间似乎在那一刻凝滞，我感到有一种令人窒息的记忆扑面而来。我不自觉地调整呼吸，却陷入更深的泥淖。我恍惚着走出教学楼，一股寒气冻结了我的血液，我记起那个少年，那个为一个不曾搭过讪的女孩挥霍掉所有思念的少年。

连城喜欢画画，特别是素描，所描之物，逼真至极，完全不像一个高中生的作品。他在参加市里的比赛时还曾被评委怀疑是托人所画。

我是在高中认识他的，那时他总是喜欢叼着笔听老师讲课，从远处看，与梵·高的自画像颇有几分神似。

入学第一天，他就开始注意古馨，潜伏了两个多月，终于开始骚动。

从那以后，几乎每一个夜晚，都有连城画画的身影。远在几米开外，"唰唰"的摩擦声仍清晰可闻。也基本是每一个夜晚，都会有一幅高质量的肖像画新鲜出炉。

连城总是藏着掖着，像是世间珍宝。谁也不知道那女生是谁，除了我和他。那些画，一直被他悉数珍藏，直到后来某一个我不知道的时刻，才被他投进火炉，让记忆燃烧，让回忆发光，然后烧成灰烬，风一吹，只留下炉壁上灼烧后的伤痕。

连城想古馨,想到夜不成寐,心里火一样的炽热。但他还没和古馨说过话,这也成了他高一那年唯一的遗憾。

高一结束的那天,是个燥热的中午,朋友们又开始筹措如何庆祝,只有连城在后排静静地看着古馨。

他整理了一下自己画的画,打算装到书包里。突然,一个女生从后边路过,一不留神,将连城手中的画像碰落了一地。女生不经意间叫了一声,教室刹那间变得死寂,前排的人回头张望,古馨惊讶的表情也在看到地上那叠厚厚的画像之后久久地凝固。

教室在安静了3.22秒之后又开始骚动。古馨怔怔地走向连城,连城的双脸涨红,手足无措,慌乱中将画收起来。

古馨走到他身旁,轻轻地问:"能给我看一下吗?"

连城犹豫了一会,还是把那一沓画给了古馨,说:"我随手画画,你别介意。"古馨微微一笑,说:"没事,我看画得挺好的。"

看到古馨笑了,连城也不自觉地跟着笑起来。他突然想到了什么,起身给古馨让座,古馨坐在连城的座位上,静静地观赏自己的肖像。

一颗滚烫的泪珠滑落她的脸庞,似乎要烫伤她的皮肤。泪如雨落,砸在画纸上古馨的甜甜的笑脸。

连城突然紧张起来:"如果你不喜欢,我以后不画了,你别哭了。"

古馨破涕为笑,说:"能送给我吗?"

连城欣喜若狂,说:"好啊。其实本来就打算给你的。"

一张张洁白的画纸上，镶嵌着一张张甜美的笑脸，如同用美图秀秀修过的照片，美丽而又逼真。黑色的线条勾勒出的瞬间，定格成了永远，哪怕时光会给它们堆积上厚厚的尘埃，也只能尘封一会儿过往的岁月，风儿一吹，美景犹存。

二

后来，他们两个顺理成章地在一起了。不过这段故事成功的背后不仅仅是因为那百十来张饱含思念之苦的素描画，更是因为连城面对喜欢的人奋不顾身的付出。

两个人在一起后，有一次连城受古馨之托，去饰品店买东西。我陪连城办好事情，一起回家时，一辆黑色别克将连城撞倒在路口边。我慌忙下车去扶他，车主也随之下车。

出乎意料的是，车主并没有像其他西装笔挺、头发稀疏、看起来似乎慈眉善目的中年成功男士一样火冒三丈，而是和我一样，蹲下来扶起了连城。

"我送你去医院吧？"车主紧张地说。

连城摆摆手，说："没事儿，没必要麻烦。"

车主仍然很关心连城："你家住哪？我送你回家。"

连城强忍着疼痛，在痛苦的脸上挤出一丝笑容："真的没事儿，叔叔你回去吧。"

车主怔怔地望着连城，连城一下子推开我和那位车主的手，弯下身扶起前轮已经严重变形的自行车，叹了口气。

"对了，你的车子……"连城也担心起来。

车主打断他:"没事儿,你要是感觉还好就赶紧回家歇歇,给你我的电话,有事儿打给我。"说着递给连城一张名片。

连城随手接过,说了句"谢谢",转身就走,把那张名片对折后撕成两半。我在后面慢慢地跟着他。车主低头叹了口气,望了望连城的背影,车的伤痕看都没看,就上车开走了。

连城迷迷糊糊地走着,我一言不发地陪着他。

"别和古馨说这事儿。"连城沙哑着嗓子说。

我望望天边舒展的云彩,点了点头。

街道上依旧是车水马龙,来往的行人说说笑笑,偶尔碰到几个时尚的女郎戴着耳机,对着嘴前的智能手机说话,还不时地笑笑。

连城把自行车扔到废品站,卖了200块钱,忧郁地扭头回家去了。

路上,连城问我:"默生你说我们以后是不是也要这样保持联系?"说着,他指向马路对面一位拿着智能手机的女生。

我皱了皱眉,说:"我不知道,但我不希望如此。"

连城勉强地笑笑,继续拖着疲惫的身子往前走。

不知不觉,太阳已经逃到了西南方的天空。余晖洒向这个疲惫的城市,迎风招展的绿叶也闪烁着金光。连城迎着夕阳,后面的影子越拉越长,直到连接到地平线,成为黑夜里的潜伏者。

第二天回到学校,连城仍未调整好状态,被古馨看出端倪。当被问及原因时,连城支支吾吾地回了一句:"打球摔的。"

古馨一直不知道这件事的内幕,直到后来的各种情节,她也没有被告知。于是只有我和连城清楚,连城为了古馨,差点儿送出一条命。

三

　　数学课上，老师让古馨在黑板上答题。最后留下一个"2/4"就草草地下台了。下课后，连城走到古馨身边，批评她的浮躁，古馨噘着嘴，开玩笑地说了一句"四分之二又不等于二分之一。"
　　连城皱起眉，疑惑地说："哦？"
　　古馨只笑不语，推搡着连城让他回去上课。不久后，古馨给了连城一张纸条：
　　如果人生只能和三个人结伴同行，那其中，希望有你。你们就是我，我就是你们，你们都是我生命的四分之二。
　　连城读完后，看了一眼不远处观望他的古馨。眼神相撞那刻，两个人幸福地笑起来，古馨羞涩地回过头去，连城极为隐蔽地叹了一声，默默地说："四分之二不等于二分之一。"

　　窗外的太阳日复一日地东升西落，连城的铅笔时常摆在桌子上，等待着某一刻，连城拿起它，定格出他心里最美的风景。
　　画纸堆叠起来，也许就和思念一样厚重，黑白两色的记忆闪耀在纸上。阴暗的处理恰到好处，如同思念的你，出现得正合我意。

　　高三的时候，古馨和连城分手了。
　　古馨抱着一个大纸箱子，放到我面前，说："这是连城画的画，你帮我还给他吧。"

我心里也感到莫名的难受，久久才说："真的不可以挽回吗？"

古馨飞快地转移了视线，扭头看向窗外，在阳光的映照下，她的脸上划过一道光，重重跌在桌子上，摔成无数晶莹剔透的钻石，闪耀着过往的精彩。

连城还寄希望于高考过后，把古馨追回来。可他早已看出，古馨的心意已决。他又开始睡不着，又开始上课发呆，可手里那支铅笔，早被他折成两半，扔到了记忆的深处。

高考临近，连城用药物维持睡眠。最后高考揭榜，他离重本线只差了3分。看到成绩连城微微一笑，转而叹一口气。

这时，古馨走过来，连城怔住了。

"我要去北京了，希望你会更好。"说着，古馨抱了一下呆住的连城，两个人泪如雨落，无语凝噎。

第二天，我在医院里见到连城。他在酒吧喝到酒精中毒，被一个陌生的男子送到医院，才保住小命。

我叹一口气，对连城说："你是一个失败者。"

连城闭上眼睛，诡异地笑起来，说："如果说古馨赢了，我甘愿做一个失败者。"说完，睁开眼睛，一滴泪水从眼角滑落，精确地把眼角与耳廓完美切割开来，打湿了枕头，也打湿了记忆。

四

后来，我只知道连城没有去大学，而是选择了去建筑工地。

在毒辣的骄阳下，你会看到晒得黝黑的他，肩上搭着一条湿毛巾，衣衫褴褛，蓬头垢面。

两年后，我把他叫去那个他曾差点丢掉性命的酒吧喝酒。

我问他："为什么不去画画，在工地不累吗？"

连城挤出一丝笑容："那时候不想画，现在想画了，也画不成了。"说着，摊开他的双手——上面沟壑纵横，固执的老茧让它显得沧桑，湮没了曾经辉煌的年代，真实的年龄已经无法从那双手而得知，指甲里满是清理不了的污垢，有的指甲也已经严重变形。

"你还记得我们那年的高考吗？"连城突然问。

我沉思片刻，说："记得，你不是离重本线只差3分嘛。"

"数学有个填空题，答案是1/2，我算的是2/4，写的也是2/4。"

听完，我呆住了，内心挣扎了一会儿，无奈地笑了，摇了摇头。

连城也陪着我笑，黯然地低下了头。

"你后悔吗？"我问他。

"后悔什么？既然做了，就不后悔。"

说完，他端起眼前的酒杯，一饮而尽，打了一个嗝后，又说："如果重来，我还会这样做。"

我拍拍他的肩膀，说："该过去的都会过去，放下吧。"

连城趴到桌子上，迷迷糊糊地说："默生，我多么想和你一样，可以随意地给一个人安排一个结局。我也想支配自己的命运，可我做不到。"

我笑着说："你喝醉了。"

连城听到，也笑了，慢慢地闭上眼睛，灵魂悄悄地飞向梦里的净土，那里的人，心与心契合，命运不被干扰，剧本完好，情节的起承转折，也刚刚好。

遇见你，是我今生最美的记号，在一起，是你陪我开过的最大的玩笑，四分之二总会化简成二分之一，而在你，却写不上等号。

后记

古馨读大三的时候，给连城打电话了。连城心里拿不定主意，跑到我这问我要不要和古馨见面。

"为什么不见，不能让她觉得你是懦夫。你要大气，拿出你的男子汉气概。"我慷慨激昂地对连城说。

他黯然地低下头，轻声说："好吧，我听你的。"

故事发生在一片没有脚印的雪地上，后来夕阳斜照，金光洒向这片雪地时，两排平行的脚印被照亮，在延伸了很长的距离之后，分开，又延伸至各自的方向，似乎经过了几光年的距离。

连城和古馨的背影越走越模糊，直到变成两个互不相干的点，迷失在地平线上。连城翻翻自己的口袋，竟然掏出一张纸条。上面的字迹他已经不再觉得熟悉了，但那确实是古馨写的。

清秀的字迹映入眼帘，仿佛所有的血都涌到连城的脸上：

谢谢你给我的爱，原谅我的辜负。对不起，我曾经的二分之一。多么希望，你还在。

连城四处张望，他觉得四周都是铁骑，刀光剑影，战鼓震天，宿敌向他扑面而来。他不停地寻找那个刚刚陪他路过荒凉的身影，却再也找不到了。往事奔涌而来，连城一下子被击垮了，泪水立刻模糊了他的视线，他的世界从此再也没有了光彩。

我在想，最悲情的故事不是两条平行的直线，而是相交的直线。它们有过一个交点后，永远延伸到了远方，而且越走越远。或许在一场故事里，走在交点之后的两个人会回过头，找寻过去的生活，但也不见得会在同一时刻，刚好一起赶到曾经相遇的岔口。

命运总是有无数种可能，可我们却总是硬生生地给它假设了无数种如果。也许路途可以重来，但逝去了的光阴，却不会再回来了。守着幻想里的如果，最后连轮回也错过，这，才是最可悲的。

我忍住不哭，只是希望看清前方的道路；如果我忍不住了，希望你能陪我走走，不然我可能还是要模糊，最后忘记了认输。

因为心生欢喜，所以为你，奋不顾身；因为两情相悦，所以陪你，颠沛流离。

这个世界是献给你的情诗，呼吸是你，微笑是你，快乐是你，幸福是你，这一字一句，都是你的影子。

多么希望，我是因为，你是所以，我们是最和谐的般配。

可惜，我只是你生命的四分之二，不是二分之一。

| 淡抹韶华依稀醉

"文"与"理"的战争

这是一场没有硝烟的战争,每一位学子都在暗暗较劲。一场知识的较量,总会有人走火入魔,变成领袖之类的人物,统领着千兵万马,南征北战。

战斗有多激烈,情节有多起伏,我都不得而知,但是在这一片土地上,确确实实发生过一场惊心动魄的对峙,结局已经被时间遗忘了,留下的只有让人痴迷的传说。

一

我在高中时代,面临了文理的选择。长辈说,这是人生一次非常重要的选择,我也认为很重要,于是,我放弃了家人给我选择的路,在一片质疑与反对声中,走进了文科的教室。那时我觉得,在文科志愿上签的字,是我到那时为止,写过的最漂亮的名字。

我并没有和别人说我选择文科的原因,但是我确确实实放弃了自己理科的巨大优势,去了文科班,做一名中等生。

高二那年，我买了一本《时间简史》，我用了两个月把它啃完。说实话，我并不理解其中的观点，因为在霍金的领域，我至多算是一个三岁的小孩。于是我拿起了手边的手机，边看边"百度一下"，就这样，两个月过去了，经过我的努力，我还是没有看懂那本书。

这里我要承认一点，那就是，我只是在晚上睡觉前看一点，因为学生都明白，学校里不让带手机。

后来我又看了好几遍，但是我还是不知道，我的理解到底能到什么程度。有人说这本书颠覆了他的世界观，或许吧，但是我认为常理就是要被科学打败的，不服的话，我也没有办法。

我觉得自己最幸运的事是，我曾亲身经历那场波澜壮阔的"文理战争"，史称"朝野之争"。别问我为什么是这个名字，去问记录的"史官"吧。

二

"朝野之争"的跨度长达两年半，波及了全校师生，甚至惊动了教育处主任，竟扬言要肃清狂热分子，否则扣学分。但战争的火焰一经燃烧，就吞噬了无知，以摧枯拉朽之势席卷了学校的每一寸土地。轰轰烈烈的战争从这我们一届学生的高一时代中期开始，文理分科拉开了序幕，高考则悄无声息地平息了这场没有硝烟的战火。

在这两年多的角逐中，大大小小的战役加起来，应该是等于或大于我方领导者的头发数的。因为每次战役前，无论成功与否，我都会从他头上拔一根头发，以示战斗之决心。如今，毕业已多年，他的头上仍空空如也。虽然现在是在社会底层辛苦工作的人，却俨然成了一个成功人士。

但是说来也怪，每一次战役都有最后的胜者，但高考一过，战火也应声熄灭。每个人都扬起祸害自己脑细胞的卷子，不论男女，碰到一个就抱在怀里表示庆贺；有的跑上阳台，看楼下同僚们的"撒书秀"，还不时友情出演一下嘉宾；原先的战争双方也开始有所行动，公然在走廊里搂搂抱抱，引来无数人唏嘘……

那照这种情况来看，这场历时两年多的战斗，英雄的殊荣却没了归属。史官也没有给出准确的定论。去问双方领导人，一人怀里一个美人，谁还有闲工夫去计较江山？

而我，早早地走出校门，大义凛然，虽然已经知道在高考揭榜那天，在我的名字后面，将会是"查寻无果"四字。我回头望望依然在疯狂的教学楼，又不经意间瞥到报告厅，就想起了第一场战役的盛况。那一次，我在现场，即学校报告厅。

一千多号人在台下抬头张望，四十多号人在台上旁征博引，妙语连珠。

这场声势浩大的文理辩论大会，真真正正地拉开了战争大幕。这次辩论所涉及内容不仅包括九大科目的内容，还囊括了天文、历法、心理、中医、艺术等多方面的知识，真可谓"惊天地，泣鬼神"。甚至惊动了学校校长，并亲临现场指挥战斗。

但时至今日，我都没有搞清楚台上二十多号人所辩论的中心内容是什么。不仅如此，连台下一千多人和挤在报告厅门口等待战报的其他届同僚，也没有搞清楚。

"战争开始了。"人们知道这一点就足够了。

文科生的桌子上，多了几本书，定睛一看，《中国历代政治得失》、《全球通史》、《世界文明史》等均在列中。有时也会发现有诸如林清玄、朱自清、周国平等大师的作品。反观理科生这里，《时间简史》、《厚黑学》、《函数论》等也都悉数在列。

在我的桌子上，却总是放着《时间简史》，偶尔会有几本钱穆先生的书，但在看完之后，都拿回家里去了。只有霍金先生的代表作孤独地占据着我的桌子，长达两年之久。

我还记得那是我花了45元买的精装版，可是现在，已经翻烂了。

三

在我的印象中，战争的高潮是在学业水平考试前。

自高二上半年开始，学校封锁了文理相互联结的通道，直到月考试前一个月才解除禁令。文科生有半年多的时间没有接触过理科知识，政策一出，群情激昂。面对毕业的压力，所有人都是背水一战。

只有我，依然在自习课上悠然地写着小说。

只有一个月时间了，学文还是学理，这是一个值得考虑的问题。于是大家忙着考虑这个问题，等考虑好了，考试也开始了。

史官记载，在考试前的那个晚上，宿舍里人头攒动。为了躲开摄像头，无数人挤在楼梯上安静而又刻苦地复习。更有无数没有占到有利位置的人，趴在床上，在炙热的六月天捂着厚厚的被子，嘴里叼着手电筒。在这样恶劣的条件下为未来奋斗——汗水如雨落，滴在书上，也浸透了被子，都不在乎了。用手抹一把汗，在床铺擦擦。心里还念叨着：为了能毕业，这点牺牲算什么？

我倒在床上，望着窗外的明月，推测一定有不少人在搞"突击"。我微微一笑，起身拉上窗帘，就睡大觉去了。

在奔赴考场的途中，史官向我讲述着那晚群众奋斗的盛况，我仰天大笑，告诉他："高考前一天晚上，记得留意群众。我想那天会更震撼。"史官接上话茬："我拿DV录下来,哈哈哈哈……"

我身上起了一层鸡皮疙瘩——这小子，比我还腹黑。

事实证明，高考前一天的盛况，确实是"前无古人，后无来者"。其声势之浩大、气势之磅礴、波澜之壮阔，是我的拙笔所记录不出来的。毕竟，把书撒向宿舍楼下的，不是我，点燃床单狂欢的，不是我，半夜起床到宿舍楼顶尖叫的，也不是我。

没错，这一切都是群众在高考前夕做的。

战争马上就要结束了，而史官记载的这一切，没有被校史认可。寒来暑往，春去秋来，三年过后，这场战争只成了校史上随意的几笔。

课本撒了一地，同僚四散而去，各奔东西之后，没人再会翻看昨日的日记。等到一切事情尘埃落定，才想起，日记早已被遗弃了。记忆也和那些书本一起，被时光埋葬。也好，忙碌的身影，总好过叹息的悲情。

高中生活是莘莘学子奋斗的青春，细细品味，果真是一场名不见经传的战争。那么，谁的高中又不是如此？无论悠闲还是匆忙，无论优秀还是平凡，高考总会结束一切吧。可是高考不应是终点，更应该是起点。那么，人生就是在路上，追不到终点，更跑不出起点。

后记

"文"与"理"的战争，是场天马行空的战争。我终归要说，"本故事纯属虚构，如有雷同，不太可能"。但不可否认的是，这场没有硝烟的战争，的确存在。即便以后国家要求培养全能人才，在我看来，战火也不会停息。

也许在现实中，文科生与理科生的学习生活是更丰富的。所以，不要寄希望于在这个故事中找到选"文"还是选"理"的答案，因为我也不知道。至于选什么，你一定最清楚。

我的高中生活，总体来说是异常轻松的，所以，我认为我的忠告并没有太大价值。但有一点，我可以确定，那就是——如果你还在备战高考的话，就请放下手中的这本书去学习吧。课本上的三言两语比我这些乱七八糟的故事有用多了，起码我是这么想的。

或许你努力三年，换来的不仅是校史上浓墨重彩的一笔，那流传后世的佳话，说不定就会提及你。

听话。不然被老师没收，就恐怖了。

[淡抹韶华依稀醉

四海为家

朋友说,再不疯狂,青春就老了。
我想,老了又怎样。
青春的桥段都没有剧本,一路走来却也没有一次NG,难道这不疯狂吗?

希望有一天,我可以坐在繁华的路口,从黎明到向晚,由黄昏到夜凉。看人来人往,细数岁月流长。等到红灯变绿,无人再过往,我就离去,带一笔肝肠寸断,留一曲韶华离殇。

一

这个故事发生在我高二的时候,也许故事里我的身上,会有你的影子。

已是晚上十点。天空突然下起了雨,而我却没带雨具。
推着自己的自行车,看看校门口回家的人,一个个都"青箬笠，绿蓑衣"。几辆不太幸运的轿车被熙熙攘攘的人群堵在了门口，开着车灯，照亮了雨滴坠落的轨迹。

我在人群中慢慢蠕动，听周围人笑谈我喜欢的歌星要开演唱会了，那时候的感觉，好像就叫孤独吧。还好灯光给了我影子，有它陪我，我只感觉到雨滴打在我脸上、发上的震动和风钻进我衣服的丝丝凉意。

门卫大爷和我很熟，我和他时常一起侃大山。

我在雨中行走，他认出了我，把我叫住，从传达室拿出了一把伞："拿着吧，下得挺大的，别感冒了。喏，你的伞。"

这时，我的思维没有向煽情路线靠拢，而是笔直地跑偏了。我突然脱口而出："不，是你的伞。"

他愣着，我笑着。原来益达的广告我也可以用啊。

他正要塞给我，我已经骑上车子，透过满是雨滴的眼镜片认真地看着他，不自觉地笑了。我在心里默念：

青春，再不疯狂就老了。

我转身离去，门卫大爷似乎还在原地凌乱。我蹬着踏板，车子慢慢驶出人群，留下了一个桀骜不驯的背影。瓢泼的大雨为我浇灌了疯狂的种子，冲刷了我的疲倦和平静。我开始在雨中飞驰，还哼着不知名的小调，活像一头发了疯的牛。

雨打在衣服上，浸到了皮肤；雨打在脸上，晕开了笑容。

我不停地用手抹掉赖在眼镜片上不走的雨滴，以防它们为我过早地划出我不喜欢的碑文。路口的红绿灯给路面上了色，染了一地的红色和绿色。那光亮，让路灯都黯淡了三分。

十分钟的路程，我似乎没有尽兴。悄悄在楼下按自己家的门铃，无人应答，心里窃喜，不然有家人在的话，看见我这个样子，就又要挨批了。溜进家里，把还滴着水的衣服扔进了洗衣机，自己钻进浴室，继续接受水的洗礼。

第二天醒来，发现自己感冒了。就像那场雨来得那么突然。

我请了两天假。后来又在长达一周的国庆假期里挤出了三天才把落下的课补上。

我可没有后悔。

青春里，不一定有说走就走的旅行，但一定要有说来就来的洗礼。风声雨声交响，街灯泼湿迷惘，背影做最华美的随笔，交响做最浪漫的伴歌，雨滴是最明智的读者，而自己，是最忠实的听众。

二

其实，我的高中生活到目前为止，还没有结束，但是其中的几个桥段已经足够让我珍藏一生。不论是光辉灿烂的瞬间，还是充满老师批斗的场面，都是我高中生活里不可或缺的一部分，饱和我的微笑。

每一个班里总有几个男生，这几个男生里总有几个喜欢打球。

虽然在我们的文科班里，只有19个男生，但这并不妨碍我们组织一场球赛。

最初，一节体育课上只有少数几人打球，场上的人零零散散,而场边看热闹的却好比赌场。球队高层加紧征兵,于是草野间一员猛将横空出世——斌哥。十来节体育课,斌哥就上了手,在内线横行霸道。

眼看比赛呈一边倒的态势,宝哥临危受命,披甲上阵,表现也是可圈可点。

只可惜,球队主力旭爷违反学校禁令,两度被班主任查出非法使用手机,被无限期禁赛,遣反回家反省。

这个"法"指校规。

阴雨连绵,一周的体育课全都泡了雨;偏偏祸不单行,加上期中考试又占用了几天的课,班里的男生近一个月没有打球,人民生活在水深火热之中。

时隔一个多月,旭爷还没有回来。于是球队高层开始考虑招募新秀。

新秀没选好,旭爷就回来了。可是选秀造成的影响,波及了整个男生圈子。于是体育课上,全民皆兵。

当然,这并不是疯狂的。

除了高三这一年,其余的高一高二时,上午下课后,一群人蜂拥出教室,大吃小喝地奔向球场。

第一次被老师抓住的时候,我们一群人大义凛然,五六个人排成一排,接受老师的审问。

我们面向烈日,从容地站着。餐厅里的人渐渐离去,午睡的铃声刚刚敲响。鉴于我们这是第一次"犯案",且情节较轻,老师思虑半晌,决定"放虎归山"。

于是一群人嘻嘻哈哈地回了宿舍。

我们只是把别人吃午饭的时间用在了打球上，有什么问题吗？

第一次的暴露和挫败并没有影响我们的下一步计划，只要天气合适，我们必定还回现身球场。虽然屡次被教务处人员发现，但经过几次交涉，我们已经和他们很熟了。正是有了这层关系，我们在球场上的日子才渐渐安定。

所以说，人脉广还是有好处的。

三

高二的时候，我的英语成绩一落千丈，曾一度跻身班内倒数前列。多次考试成绩欠佳，英语老师终于忍无可忍，只好给我"量身定制"了补习计划。

英语办公室的阳台正对学校前的道路，英语老师的措施就是让我每个大课间都去阳台背单词。一开始我觉得自己的末日到了，后来想想，其实在阳台上背单词的那段生活，还是挺滋润的。

每个大课间去英语办公室挨批，问问题的人数不胜数，那，阳台上的情况，老师就无暇顾及了。我不时看看蓝天，再不时看看校外的世界，也不时把头探出栏杆唱唱歌，等到快上课的时候再屁颠屁颠地离开。起初和我一起服刑的同伴们都依次刑满释放了，只有我一个人，孤独地见证了楼前桦树从茂盛到凋零的一个轮回。身边补课的人换了一拨又一拨，唯独我坚守着。楼下的人来来往往，按照中国的传统礼节，我也没忘了跟他们打招呼。时间长了,其他班级的人都有认识我的了。

英语老师总是找我谈话,拿那些成功改造好的青年来激励我,我表面上诚恳地接受教诲,其实心里在想:那帮小子急于求成,必不成大器,我这是厚积薄发,做事有始有终。

当然这些想法只是禁锢在脑海里,一旦说出来,后果不堪设想。

有人问我:"你做过的最真实的梦是什么?"

我大笑一声,说:"那次语文课上,我睡着了,突然梦到语文老师在拍我的头,睁开眼睛一看,果然是她。"

我在语文课上,一般只有三种状态,一是学习,二是写小说,三就是睡觉。如果再把日历往前翻,翻到高一那段时间,还有玩手机听音乐这一状态。到了高二,教室里的摄像头开始工作,于是我几乎没有再把手机拿来学校过。就这样,一段黑暗的历史似乎就这样被我悄无声息地抹掉了。当然,除学习外,其他状态都是在绝密情况下进行的。可就有那么一天的两节语文课,竟然都被老师发现了自己的"地下工作"。

上午的时候,睡意袭来,我像往常一样闭上眼睛,熟练地进入梦境。突然梦到语文老师在拍我的头,睁开眼睛一看,果然是她。于是后半节课,我都是站着上的。时至今日,我也只是后悔那一节课没有睡饱,因为我完全可以更早一点睡的。

下午的课上,老师在讲古文,我觉得无聊至极,就拿出稿纸写自己的小说。也不知写了多长时间,我下意识地微微一抬头,才发现老师已经在我的面前了。我极为坦然地用课本盖起稿纸，但已经晚了。

"写啥呢？上课时间都不够用的，你还搞别的事。"

出人意料的是，她说完就走了。我庆幸自己逃过此劫，但还是免不了下课去办公室接受批判，完成额外书面作业的惩罚。

地下工作完全暴露，我并没有知难而退，反而加强了保密措施，继续开展工作。可在这种状态下，我的语文成绩却仍异常优秀，对此，我一直挺纳闷。也许是因为这个缘故，老师还一直认为我是一个认真乖巧的好学生，并在谈话中多有提及，我听闻此事，觉得羞愧难当，但马上就暗自得意，心花怒放。

青春的疯狂似乎是有点过火，我也知道自己必须为自己的行为忏悔。可我觉得未来的路还长，是要后悔还是赞可，我都觉得不重要。我还在为未来铺路，说明我从未放弃过自己，从来没有想让未来的自己失望。

虽然我总觉得在学校里的故事是那么叛逆，那么玩世不恭，但我认为自己完全在合适的范围内。我没有扰乱过课堂秩序，没有背弃过礼义廉耻，没有侵犯过他人权利，更没有教唆未成年人和我一样，在课堂上做和我一样的事情。

不过，这些想法只是我为自己的无知而进行的辩护罢了。

其实，叛逆归叛逆，玩世不恭归玩世不恭，老师们的做法还是令人钦佩的。无论是我成绩一塌糊涂时所采取的专项整治措施和默默的鼓励，还是我成绩出众时苦口婆心的教诲，都是我应该尊重和敬佩的。

我觉得自己已经没有必要再在这里大肆赞扬老师的美德了，因为他们的高尚人格，已经被历史铭记。功德碑上镌刻的那些隽永的文字，我们早已耳熟能详，他们在人类文明的传承中起到的作用，应该比我想象的还要重要。

那么，就别再抱怨老师了，你看我，每天都在受老师的摧残，但还是保持着一颗感恩的心。

有时我都被自己感动了呢。

还需要说一句的，就是，老师的摧残应该是你最初的、也是最简单的磨难，如果连这点儿小问题都解决不了，怎么保证你能乘风破浪，凯旋至此？

那么，珍惜你现在学习的机会，这应该算是对老师们的付出最大的尊重了。

四

我在高中做过最疯狂的事，莫过于通宵上网。

四海网吧是我们这一家环境非常好的网吧。我在高二时，经常和另一位通校生一起在那儿通宵上网。如你所想，暗号就是"四海为家"。

网游我似乎都玩腻了，在网吧也只是通宵看电影，或者静下心来，听一听音乐。与我狼狈为奸的同学则24小时精力无限，极度亢奋地打英雄联盟。

2014年巴西世界杯前，这位同学开始攒钱，目的当然是赌球。一个多月下来活生生把自己折腾瘦了一圈，还硬是攒下了1000

块钱。他本打算把钱押在决赛上的，但巴西和德国在半决赛相遇，他得意地盘算：把钱押给巴西，等巴西赢了，再押决赛。

结果巴西惨败，他的钱打了水漂。

我还记得那天晚上，他拉我去上网，我勉强答应了。

在网吧里，他带着朝圣的虔诚，打开比赛直播，安静地观看。德国先入一球，他强装镇定；德国再入一球，睡意已经向他袭来；德打进的第三个球，他没有看到，因为这时，他已经倚在沙发上呼呼大睡了。

不知什么时候，他揉了揉自己惺松的睡眼，定睛一看，大骂一声："靠，怎么 4:0 了！"骂完又接着睡了。

比赛结束，我摇醒他。

他呆呆地望着屏幕出神，过了老半天，才又骂道："我靠！"

我在一旁安慰他说："没事，下届再赌，说不定一下子就赢回来了。"

他用手抹了抹脸，叹了一口气，没理我。但过了一会儿，他笑着说："还好我留下了 200 块，默生，我请你吃好吃的。"

结果他跑去吧台，买回了一大堆零食。

于是这件事，便只有我们两个人知道了。

后记

如果说，别人的青春是奋斗，那我的青春就是享受；如果说，别人的青春是疯狂，那我的青春就是是癫狂。

其实我在想，人生的败笔，莫过于享受。享受了这一时，便要支付后世的一时。但这种以未来幸福为代价的享受，应该不只发生在我一个人身上。

我记得自己很早的时候写过一句话：

人生之追求，莫过于惬意的生活。而当别人都在着眼于找一份也只是不错的工作，都在倾心于物欲横流的生活时，我的心早已飞向遥远的地方，等待原野中划破苍穹的第一声鸡啼。诚然妄想应基于实际，而妄想变成现实的道路，坎坷而又漫长——荆刺遍地，嘲讽四溢。但梦想会给你力量，教会你折戟沉沙。

翻看曾经的日记本，我笑了，轻叹一声，心想：可惜，我没有梦想。总以为越大，就离梦想越近，后来才觉得，越大越没有梦想。

最后，我无奈地给自己找了一个冠冕堂皇的借口：

梦想是悬崖边盛开的罂粟花，明知结果千万种，也要一往无前，只为亲眼目睹它绽放的妖艳。或许是因为我没有梦想，所以只看到悬崖，而在悬崖那边，还有另一处悬崖。

山与水相对无言，却勾勒最协调的风景；海与天相隔万里，却终会交织成一线。没有什么是不可能的，所以，青春可以疯狂，梦想，还是该有的。

海子为陌生人祝福，我不是海子，但我还是要给你祝福，愿你明媚不灿烂，愿你有情不泛滥。

"默生，你的梦想是什么？"她转过头睁大眼睛问我。

我的嘴角微微一扬，说："我没有梦想。"

她"哦"了一声，就回过头去了。

"我做我该做的，梦想它会来的。"这句回答，只有我自己听得见。即便翻越银河，跨越白昼与黑夜，转换时空，这句回答，也只是我一个人听得见而已。

后来，我再没见过她。她追她的梦想，我做我该做的，如此，皆大欢喜。

无论是这场十七八岁的爱情，还是这场青春里的高中旅行，都留下我太多太多的记忆。这里有我洒过的汗水，有我燃烧过的激情，有我发泄过的伤悲，更有我玩世不恭的背影。我吝啬，我贪婪，我希望留住这些回忆，但我知道，无论我怎么努力，都挡不住岁月的车轮。

那我只好呆呆地在原地奢望了：

我希望每次回忆时都述着感动的心曲；

我希望每次回忆时都挂着满意的微笑；

我希望每次回忆时都泛着幸福的泪花。

若真如此，也心满意足了。

第二站,遇见

邂逅与擦肩,

回眸与瞥见,

遇见的瞬间,

定格成永远,

镶嵌在脑中,

路过后,

成为风景。

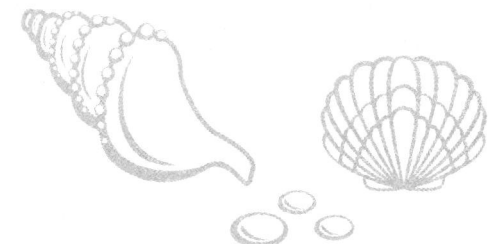

第二站，遇见 |

没有沙子的沙漏

多么欢喜，又多么想为你献礼；多么挣扎，又多么想还你安逸。然而沙漏没了沙子，时光无法再倒流，我们只好挥手，不再回头。

一

秋水湉湉，朝阳炙烤着天边一方小小的天空。我在河边下车，一股寒意袭来，我轻叹一口气，一团若隐若现的白气在空中散开来。河边的干草被岁月抚摸得七零八落，但完全可以抵挡整个冬日的狂欢。我循着河岸边散射的一丝光亮望去，看见那个没有沙子的沙漏，脑海飞快闪过一个人影，她背着整个包袱的忧伤，徒步穿越了青春，因为害怕辜负，所以错过同路的人，还是最后一抹孤独而诡异的微笑，给一场动荡画上了句号。

风平和暮玲从小就在一起玩耍，成绩相当，最后一帆风顺地考上了同一所大学。其实我们都清楚，风平暗恋暮玲已快有十年，只是没有说过。而暮玲似乎也知道此事，但囿于朋友关系，才没有揭穿。两个人做了十年的知心朋友，一度也成为佳话。

有人问风平为什么不男人一点，去表白。风平表情狰狞，掩盖了他内心的悲伤和欣喜，他眺望远方，安静地说："这样更好，这样她更离不开我。"

大一那年，风平秘密地准备了一场生日聚会，打算给即将满18岁的暮玲一个惊喜。忙前忙后，风平越来越开心，也许他并不奢望自己会收获什么，只要暮玲开心，他就开心了。终于到了那一天，所有的嘉宾都到齐了，只待风平一个电话把暮玲喊来，就可以狂欢了。

可故事的主角没有出现，这个桥段就落幕了，原本一场惊喜，却给风平留下一个残局，命运开了一个不大不小的玩笑，风平也只是笑笑，因为只是玩笑，而已。

暮玲和文三确立了恋爱关系，生日那天两人登上城市的高楼，在星火的见证下叙了一夜的情话。风平平静地招呼朋友们回去，顺带嘱托他们不要泄露此事。他一个人孤独地把教室打扫干净，最后趴在桌子上等到了天明。

一场惊喜没有说再见就离去，一段历史没有见证就抹去，风平没有伤心地哭泣，他做了一回男子汉，去祝福暮玲和文三。

多么欢喜，又多么想为你献礼；多么挣扎，又多么想还你安逸。

风平渐渐变得沉默寡言，但在暮玲面前，还是和以往一样，该笑则笑，该闹就闹。后来风平染上了网瘾，没日没夜地玩网游，多次检测不及格，还好动用全部的人脉，才得以在学校里苟活。

二

暮玲和文三一起去了很多地方，两个人很合拍，喜欢一样的美食，欣赏一样的风格，路过的大大小小的城市，都是他们引以为傲的。三年的大学情侣生活很快就结束了，暮玲和文三都开始为他们的未来打拼。似乎一切的情节都奔向了结局，但在某个时刻，却放生了偏差。

文三和别的女人好上了，便毅然离开了暮玲。暮玲没有挽留，转过身，也大步离开了。只是在路过街角的时候，突然瘫倒在地，哭得像个孩子。

没有了星星的夜空不再显得繁华，没有了波浪的江海不再显得浩瀚，没有了植被的旷野不再显得辽阔，没有了爱人的爱人，不再觉得快乐。

暮玲分手那天晚上去酒吧喝酒，为了安全起见，风平和我去陪着他。那天酒吧里的人并不多，像是专门为失意者准备的冷清的舞台，以便于让主角的忧伤肆意挥洒。一杯又一杯，暮玲也不停歇。直到后来她有了醉意，风平才开始阻挠她。

风平把手按在暮玲的手上，却被暮玲一下子挣开，风平叹了一口气，说："至于吗，这么糟践自己？"

暮玲听了这句话，端着酒杯的手久久地停滞在空中。她盯着酒杯里的酒悄悄地发呆。但最后双眼充盈了泪水，也许模糊了她的视线,她才又一饮而尽。

过了很久,风平又说:"好了,回家吧。"

这时,暮玲诡异地笑起来,迷迷糊糊地问风平:"风平,你是不是喜欢我?"

风平先是愣了一下,但转而陷入了沉默,许久,他才点了点头。

暮玲笑着叹了口气,语重心长地说:"找个好姑娘吧,我配不上你。"

风平几乎掀桌而起,喊道:"够了,你快回家吧!"

暮玲也着急地叫道:"老娘想发泄,你管得着吗?"说完咳嗽了几下,风平紧张地上前扶她,却被一手打开。

酒吧里仅剩的几队人向我们投来惊讶的目光,酒保走到我跟前,对我耳语:"先生,麻烦你调解一下,不要影响了我们的生意。谢谢。"

我看了他一眼,回敬他一个善意的微笑,他才离开。

风平站在原地,调整了多次呼吸的节奏,可泪水还是悄无声息地滑落。他红着眼眶,刻意掩藏自己的泪水。

暮玲趴在桌子上,哀伤地哭诉:"我哪点比不上那个小三儿了?"

风平背对着暮玲,幽幽地说:"我又哪点比不上那个文三了?难道我暗恋你十多年,什么结果也没有吗?"

暮玲突然停止了哭泣,她抬头望望风平的背影,才想起在孩提时代,两个人牵着手奔向夕阳的画面——那时,有一个小男孩,总是给她带她爱吃的糖果,帮她收拾那帮经常欺负她的小坏蛋。她曾经躲在这个小男孩的身后，让他挡风遮雨，做自己的大英雄。可是时光冲淡了一份感情，于是两个人渐渐走散，一个追逐，一个却狂奔，两个人再也无法相遇在同一个路口，开始同一段旅程。

暮玲从背后抱住风平，风平惊讶地抖动了一下。暮玲在他耳边说了句"对不起，我无法爱"，就放开了，向吧外走去。

风平刚要追上那个跌跌撞撞的身影，暮玲却背对着他，安静而又清晰地说："别追来了，你也回家吧。"

风平愣在原地，无助吞噬了他的所有，无尽的黑暗里隐隐约约传来那句"对不起，我无法爱"，但渐渐明晰，久久回荡在黑夜中，惊醒风平十多年来许下的唯一的清梦。

三

令人遗憾的是，这个故事没再发生转折，最后画上句号，却并非圆满的。于是一场献礼在没有开场时就落幕，一场动荡在没来得及逃离时就再也无法走出。岁月不再相信永久，时光不再眷顾真心，幸运不再光临命运，爱人不再回眸友人。

文三离开暮玲之后，似乎才觉得丢失了自己最珍贵的灵魂。于是没过几个月，文三后悔了。又过了几天，曾经那对最和谐最般配的背影又出现在城市繁华的街道上。但与以往不同的是，这次两个人没有牵手，于是最后，两个人就走散了。文三已无话再说，暮玲也知自己心疼，但过往的画面如列车呼啸而来时，两个人再也找不回当年自己那单纯的身影。从那以后，两个人也如同大部分分手的情侣一样，没再联系，成为街道上的陌生人，梦中彼此最熟悉的人。

　　暮玲也偶尔还会去酒吧买醉，但她总是倔强地说自己已经看开了，尽管每次的倔强都浸在苦涩的泪水里。

　　暮玲和风平的关系挑明之后，两人的关系却渐渐疏远。不只是我，身边的朋友都觉得可惜。

　　故事平平淡淡地进行了两年，直到暮玲的爸爸在南方找了份工作，要举家搬到杭州，这场故事也才算画上一个不歪不斜却并不怎么圆满的句号。

　　我和风平在车站送行，暮玲爸妈和我们瞎侃了一番，就悄悄溜走了，留下暮玲独自面对着一个难以面对的人。

　　暮玲戴着墨镜，眼神也许凝聚在远方。

　　"不能留下来吗？"风平低头看着自己的脚，静静地说。

　　"不能吧，我会一直记得你的……说不定几年就回来了。"暮玲勉强地笑了。

　　风平低着头，他一个劲儿地点点头，什么话也没说出来。

　　暮玲转而对我说："默生，你以后要是写我的话，记得给我写一个英俊的男朋友。就算我没有找到，但你也要给我编。"

　　我笑着点点头，看了一眼风平，暮玲也随我的眼神看去，目光被这个失落的少年遮挡，他们眼神相撞那刻，风平腼腆地挤出一丝笑容。暮玲好像突然记起什么，从背包里翻出一个精致的盒子，送给风平："喏，给你的礼物。"风平疑惑地接过礼物，说了句谢谢。

暮玲笑着说："该说谢谢的是我。"

我在一旁无奈地看着这幕剧，最后也无奈地说："我的礼物呢？"

暮玲不好意思地笑起来，我也笑了笑，说："该说的话快说吧。"话毕，我转过身走开，听到身后那个安静地声音，如敲出的琴声，一个一个拼接成一句连贯的话语："五年之后，你我30岁。你若未娶，我若未嫁，咱俩就一块儿过日子。"

我摘下自己的墨镜，一边走一边通过镜片偷看身后的两个人——风平诚恳地点点头，暮玲向前方迈开了一步，轻轻地抱住了在原地呆愣的风平。镜片里的画面越来越小，等我回头一看，暮玲已经走了，她似乎用手拭了一下泪水。

风平站在原地怔怔地看着暮玲，直到背影消失在人海，他也没有恍然回神。

坐在回家的大巴上，我和风平靠在一起。车上的人说说笑笑，可悲伤的空气弥漫在风平身边，裹住了他的呼吸。他靠在窗户上，手里捧着暮玲送他的礼物。他忧伤地看着窗外的风景随风而过，可那阵往事的风，再也吹扬不起他的嘴角。

车快要到站了，我说："打开看看吧。"

他先是一愣了一下，接着沉默着打开了盒子，从里面抽出了一个没有沙子的沙漏。风平盯着它看了良久，最后笑了。

不是每一种喜欢都毫无收获，不是每一次放任都毫无意义。

也许，沙漏没了沙子，时光就无法再流逝，思念也无法再老去。

  我和风平在河边下车，清澈的河水流淌着一个冬季的疲惫。河边的青草已经可以没过马蹄，春风拂过，岁月都无法再察觉。风平在原地站了许久，终于一下子把手里的沙漏扔出去，它不偏不移地落在桥边的一个角落，但却没有传来破碎的声音。它被青草掩盖，阳光下，似乎还看得到它反射的光芒。

  多么欢喜，又多么想为你献礼；多么挣扎，又多么想还你安逸。然而沙漏没了沙子，时光无法再倒流，我们只好挥手，不再回头。

后记

  过了两年，我突然收到了来自风平的结婚请柬。烫金大字赫然印在喜庆的红纸上。可当我怀着喜悦的心情打开时，才发现新娘的名字并不是暮玲。

  我不自觉地叹口气，接着又不自觉地笑笑。

  我看了看窗外的风景，秋风早已挟持了整个城市，天空没了南飞的雁，原本的草木葱郁也演变成了荒凉芜秽。我踏上离家的车，去赴风平的宴，车轮碾过曾经熟悉的街道，也碾碎了一地回忆。

  饭桌上，我看到了暮玲的身影，她自然地笑着，向每一个人祝福。

  当万众瞩目的风平挽着新娘的手走进人群时，与暮玲打了一个照面。风平礼貌地点了点头,颇有绅士风范,暮玲红着脸,也回敬了他一个腼腆的微笑。

饭罢,风平和暮玲没再碰面。暮玲还要连夜赶回杭州,我就又送她去车站。

"默生,为什么我总不被幸运青睐?"暮玲看着窗外的夜景——灯光不再耀眼,行人不再拥挤,夜幕割断了星球之外的光的传播路径,驶离城市的客车深入了恐怖的群山。

我笑了笑,说:"人不是一辈子的失意者。"

暮玲声音颤抖着,似乎已经哭了:"我好像已经输掉了永远。"

我心里一阵翻涌,关于两个人的回忆汹涌着,拍打着心海的堤岸。最后海浪凝固成一个画面,风声为它配了音:

"五年之后,你我30岁。你若未娶,我若未嫁,咱俩就一块儿过日子。"

我把暮玲送到车站,说:"你保重。"

车站里的人寥寥无几,暮玲的目光无处可落脚。她沉默了一会儿,诡异地一笑,说:"你也保重。"说着,我耳边响起了暮玲的脚步声,我抬头望望灯光下的背影,渐明,渐暗,渐遥远,终于想起这个故事真正的主角,是她。

我想起当年也是在这个车站里,暮玲戴着墨镜,遮挡着自己的哀伤,对我说:

"默生,你以后要是写我的话,记得给我写一个英俊的男朋友。就算我没有找到,但你也要给我编。"

淡抹韶华依稀醉

　　此时此地，时光老去，沙漏即便没有沙子，也掩盖不了时间流逝的事实。我站在原地，无奈地笑了。

　　我坐上了回家的车，静静地看着窗外黑压压的群山，不知不觉便睡去了。不知何时，我睁开了眼睛，车还没有到站，但天边已经翻了鱼白。我打了一个哈欠，倚在车座上慵懒地看着窗外的世界。
　　秋水潸潸，朝阳炙烤着天边一方小小的天空。我在河边下车，一股寒意袭来，我轻叹一口气，一团若隐若现的白气在空中散开来。河边的干草被岁月抚摸得七零八落，但完全可以抵挡整个冬日的狂欢。我循着河岸边散射的一丝光亮望去，看见那个没有沙子的沙漏，脑海飞快闪过一个人影，她背着整个包袱的忧伤，徒步穿越了青春。最后一抹孤独而又诡异的微笑，给一场动荡画上了句号。
　　我信手拾起两块石子，向着那个沙漏掷去。第一颗石子不偏不倚地砸中了它，传来一声沉闷的破碎声。我摇摇头，笑了，把另一块石子丢在地上，朝着家走去。

　　一场动荡落幕，我提笔又掷笔，也不知该如何去虚构一个虚幻的男主角来衬托女主角在现实中的悲哀。但我依然希望主角可以找到她中意的角色，陪她出演余生的戏份。
　　乐手听不见美妙的音调，牧笛吹不出熟悉的古谣，狼毫写不出飞舞的狂草，回忆寻不到思念的依靠。于是没了沙子的沙漏不再被讨好，所有的所有，都成了上帝和孩子开过的玩笑。

主角陷入回忆的泥淖，再也跑不出熟悉的废墟，两个人的动荡落幕，一个人的流浪启程。从此，悲伤占据了主角的舞台，微笑披上了厚厚的外衣。

沙漏没了沙子，可河水还是会流，即便学着逃避，也逃不出永久。

曾是多么欢喜，多么想为你献礼；多么挣扎，又多么想还你安逸。然而沙漏没了沙子，时光无法再倒流，我们只好挥手，不再回头。

| 淡抹韶华依稀醉

灰色城市

　　一个毅然远征的背影，一座朝思暮想的城池；
　　一个与世无争的灵魂，一场没有终点的旅程。
　　巴黎以诗人的情怀，原谅了这个滥情的世界，从此，诗人踏上别路，路过一座座灰色城镇，留下一页页传奇诗篇。

一

　　巴黎是我认识的人中最具传奇色彩的一个，和他第一次碰面是在石家庄的省博物馆。

　　夏天已经快要过去，我打算出去走走。于是行李还没收拾好，目的地也没选好，人已经到石家庄了。八个小时的车程对于闷在家里大半个月的我来说，只能算是放松了一下身心。马不停蹄地找好住处，潦草吃了顿晚饭，就静静地坐在窗前看夕阳消失在林立的高楼间。可惜空气不太好，我只能脑补很多缺失的画面。

入夜,城市灯火璀璨,行人川流不息,疏星点缀着城市的夜空,而我,安然入睡。

没有闹钟的早晨是幸福的,若是再把所有通信工具都关闭,那大概做梦也会笑醒吧。于是上午九点多,我从梦中笑醒了。

去路边摊吃了早饭,就一个人去了省博物馆。

在博物馆里毫无目的地转了一上午,最后终于在一台LED电脑前停下来,我发现了新大陆——哇,原来有象棋可下。

看四下无人,我把难度调成了"简易",不出十分钟,就打败了电脑。我叹一句,原来电脑不过如此。我把难度直接加到了"困难",拧了拧手腕,准备和电脑杀个你死我活。

后来,我还是不费吹灰之力击败了电脑。

我长叹一句"高处不胜寒",摇摇头,刚要离开,一个声音从背后响起:"兄台留步,且等候一下后生。"

我潇洒地转身,看到一个年纪与我相仿的少年,眉清目秀,面若膏脂,皮肤甚好,心中不禁暗叫:一个男生长成这样,太浪费了。

少年澹澹一笑,露出一排皓齿:"这位兄台,我在你旁边看了一段时间,甚是佩服你的棋艺,鄙人巴黎,很喜欢下棋,但是一直苦恼找不到师傅,还望兄台不吝赐教。"

我看他身着整齐,一尘不染,不像是拐卖孩子的,便把头发往后一顺,说道:"你我萍水相逢,怎知我不会误人子弟?"

未等他开口,我又说:"既然小兄弟想学棋艺,我看我们还是找个安静的地方,好好地谈谈。你看,门口就有一家快餐店,你我去小酌一番,你看可好?"

我本是想推掉他的请求,没想到他眼睛一亮:"甚好!请,兄台,这次小弟我好好款待你。"

这话说得我是心花怒放,想也没想就说:"别客气,同道中人,不分你我。"心里却盘算:这傻小子,看我不坑他一顿,先要一份西冷牛排,再叫一杯拿铁咖啡,顺便加上两份新奥尔良鸡翅……嗯,再趁机捎一打动脉,这样剩下几天的水源就不用愁了。想到这,我不禁哈哈大笑,鼓掌庆贺。巴黎晃了我一下,我才从幻想中挣脱。

坐在干净的玻璃橱窗里面,看着外面快速流走的人群,巴黎的眼睛悄悄湿润。我礼貌地问了一句,他回过头,说没什么。

我岔开话题,说道:"世界如此之大,你我却在此相逢。但看你有时迷惘的眼神,想必你也是来旅游的吧。我家在山东,只身一人来此散散心,你叫我默生就可以。"

巴黎笑笑,"你不去做侦探,真是浪费了。不错,我是广西人,来石家庄已经一个月了。"

他眼睛里流露出一丝不易察觉的忧伤,我体会到了,趁机说:"看来你是个有故事的人,说说你的故事吧。"

他爽朗地笑道:"话说世界如此之大,我花了一年时间,走遍了中国所有的省区,没想到在此碰到了知己啊!"说完拉起我的手,我一阵恶心,隔夜饭汹涌到嘴边,抽回了手。

我心里暗暗发笑:这世上谁没有故事,只是传奇不传奇罢了。

他尴尬一笑,给我讲述了一个少年的故事。

二

一个少年，原名叫巴桦，从小就喜欢风景，走到哪里都抱着一台相机。他说他毕生的美梦就是能有一天，可以听着音乐去远行，拿着相机绣风景。

一次在中学的地理课上，老师让这位少年回答问题，内容是说出亚欧两洲分界线。少年不慌不忙，从容站起，流畅地对完答案，可就在老师要说"很好，坐下"的时候，这个年轻气盛的少年，在说完"土耳其海峡"后，突然走火入魔，众目睽睽之下，口沫横飞，手舞足蹈，忘我地描述着行走在伊斯坦布尔街头的场景，然后微笑，鼓掌。可一颗粉笔头在空中划过一道优美的弧线，不偏不倚地砸中他的头，也砸醒了他的梦。

后来人们调查，少年那时最想去的城市就是伊斯坦布尔，现在也是。可是由于身体原因，一直无法飞到那个美丽的国度。

少年渐渐长大，可是爸爸妈妈却在雨中和一辆轿车争时间，狠心地丢下了少年不管。

从此少年和哥哥巴林相依为命。

少年时常躲在角落里哭泣，走在人群里哭泣，坐在教室里哭泣，在夜深人静里哭泣。

触不完的景，伤不尽的情，一起听过的歌曲，没有了暂停。

少年读到高三的时候，终于下定决心，弃学从商。他放弃了高考，捏着高中毕业证，在老师和邻里的质疑声中，踏上了远去的道路。他没有回头,因为他流着泪。一滴泪水,裹挟着回忆和倔强,划过少年的脸颊,留下一辈子也抹不去的泪痕。

从此少年更名巴黎,他说,巴黎是闻名世界的旅游城市,他不想闻名世界,只想做一名旅人。他在重庆开了一家小企业,生意红红火火,越做越大。仅两年时间,就和政府合作了十多次。这个少年也成了远近闻名的创业狂人。

最后,少年把公司交给了哥哥打理,自己背上了行囊,拿上相机,听着音乐,去了远方。

在石家庄,少年和默生相遇,因棋相识。

我问他:"为什么触景伤情?"

他仍旧是满目忧伤,"我曾经那么努力地学习,是为了爸妈,现在我努力地工作,想来想去,却还是为了爸妈。可是,他们在哪,我怎么怎么着也找不到?"

我拍拍他的肩膀:"过去多年了,该看淡的看淡,珍惜自己就好。"

他眺望远方,夕阳刺过橱窗,洒在少年眼中。

游子焚香,焚不断三千过往;英雄论剑,斩不断儿女情长。

我挑开话题:"我住的地方有象棋,正好天色渐晚,我们回家切磋一下,然后陪我去夜市淘几件纪念品吧?"

他咧开嘴,开心地点了点头。

三

路上，我们从《三国演义》聊到《物种起源》，我对他丰富的地理知识深感佩服，他对我在文理知识之间快速转换的能力感到惊讶。他说一路走来，去了太多的城市，发现很多东西，跟课本上是不一样的，而大部分东西，是在课本上学不到的。

对弈时，他大发感慨：

我去了那么多的城市，最后只感受到一点，所谓的繁华，不过是在灰色的混凝土建筑上，多加了几分色彩罢了。人渐渐多了，楼渐渐高了，夜晚的概念渐渐模糊了，城市就渐渐繁华了。可惜城市还是灰色的，只是人心变了吧。我还是喜欢流连山水之间，希望有个与我一般的人，共赏江畔渔火，邀群山对酌。

"这多简单啊，你腰缠万贯，找个妹子还不容易？"我叹息道。

"你不知道吗？红颜，可以知己，也可以祸水。"

"那就自己啊，再说了，山水有什么好的，自己找个山坳子，躲起来，当个隐士多好，我就希望这样，黑格尔在旅游日记里说过，无论是眼睛还是想象力，都不能够在这些奇形怪状的大土堆上找到什么可以赏心悦目的，理性也没有发现一点什么可以使它铭记不忘的、使它不得不表示惊讶或赞叹的。你看，有棋下，就算去做个隐士，也不会无聊啊。我就是这么想的。"

他摆摆手"你说的那些我都不懂，我不喜欢哲学，来下棋。哎，我的马呢，我的炮呢……"

他长叹一句，问我："你来石家庄是来逛街的吗？"

我抿嘴一笑，"你看着像吗？"

他也笑起来,"天妒英才,你小心死于非命!"

我吓了一跳,赶紧把两个马和两个炮放回他的棋盘,他哈哈一笑,继续下棋。五分钟后,他又死棋。

四

"大老板,这都第八盘棋了,我肚子饿了,你再请我吃饭吧。"我苦苦哀求道。

他盯着棋盘,淡淡地说:"等我赢你一盘再议。"

我抬头一看表,已经是晚上十点了,我赶紧摆好象棋,再来一盘。这次我故意放水,可惜巴黎并不懂得怎么大开杀戒。

"你快吃炮啊,怎么走卒子?你会不会下,不能这样走,先把我的马子吃了。哎对了,这不就将我军了吗……"在我的咆哮声中,一场厮杀终于结束。我拽着巴黎,三步并作两步,狂奔到楼下的烩面馆。

一碗烩面下肚,我的力气顿时恢复了99.99%。而巴黎那边,只吃了一半,就放弃了。

我调侃道:"大老板不食人间烟火,不懂下层民众的悲苦啊。"

他勉强一笑,幽幽地说道:"我创业的时候,睡过桥洞,喝过雨水,吃过野菜,什么苦没尝过。"

我怜悯地看看他,"真佩服你的勇气。"

他喟叹一句:"现在的年轻人都想成功,可按部就班抱怨太慢,另辟蹊径又抱怨太难,最后想通了,还是仗着老子的二亩三分地和一毛二分钱苟活几年,等到一无所有了再想办法才最好。口口声声说平平淡淡的生活,我看根本就是扯淡,活着就是战斗,活着就要斗争,生活就要轰轰烈烈!"

我拍手叫绝,心里暗叫:诗人,哲人啊!

"那你把公司交给哥哥打理不觉得可惜吗?那可是你的努力啊。"

"我是逃出来的,在外漂泊一年了,可怜我那哥哥,到处找我都找不到我,难怪他上任后公司一直不好。后来我和他说好了,他不用再找我,公司交给他,只要他定期给我打生活费就OK了。"他得意地说道。

"你心够宽啊,还能放下前途去流浪。"

他抬头仰望着天空的星辰,仿佛寻找着属于自己的星宿,像一只吹不去曲子的牧笛,像一把弹不出旋律的吉他,永远跌倒在宿命的门槛,只能仰望里面的世界。

过了许久,他才说道:"说走就走,该放就放。余光中说了,失踪,是天才唯一的下场。"说罢,扬长而去,只留下一句"明早联系"。我呆呆地望着他,直到他消失在灯火阑珊处,才想起来,靠,那家伙没留电话。我追悔莫及,心里不禁隐约作痛:这几天的口粮又没戏了。

急促的铃声响起来,我没睁开眼睛就开始在床上乱摸,接起电话:"何方妖孽,速速报上名来,老子从来不和无名鼠辈打交道。"

"你说的啥?我怎么没听懂?"电话里传来既不熟悉也不陌生声音。

"靠，怎么是你？你怎么知道老子的手机号？"我听出了是巴黎，差点从床上跳起来。就在这时，电话挂了，我正纳闷，却想起了敲门声。我心里暗叫：

不会是那孩子吧？

打开门，还好，是服务生。

等等，我住的小旅店算不上一星级，睡一晚只有几十块，连吃饭都要自己付钱，怎么会有服务生这么奢侈的配备？然后我用脚趾头想了一下，以迅雷不及掩耳之势摘下他的帽子，果然是巴黎。

他笑而不语，我转身回屋："你精神抖擞，可我困得要命。打扰我的美梦，你要赔我一箱红牛。"

"我还没吃饭呢，想找个人一起，看来……"他一边说着，一边把服务生的衣服换下来。话说到一半，就被我打断了：

"看来老板就是不一样，不仅体察群众疾苦，还懂得研究群众的心理，真乃当世一员猛将啊！"

他撇撇嘴，"不吃拉倒，吃就赶紧走，别废话。"

我赶紧飞奔去洗刷，不到十分钟，就出门了。

走在路上，我心里忐忑不安：这小子不仅心智成熟，而且阴险狡诈，能用我不知道的方法查到我的手机号，看来我要小心为妙，免得他占了我便宜。

但我转念又想：我也没便宜可占啊。

巴黎看我的表情一时沉重一时欣然，就问我："师傅，你没事吧？"

我缓过神来，强装镇定，趾高气昂地问他："你个小子，你是怎么搞到我手机号的,快从实招来!"

他淡淡一笑,丢给我一个钱包,我仔细一看,是我的。我惊呼:"啊!你偷我钱包,我钱包里有钱的,还有身份证、银行卡、会员卡、学生证……"

他摆摆手:"昨天你掉在小饭馆那了,我捡起来,也没告诉你,本来打算吓唬你一下,哪知道你个二货,到现在才发现钱包没了。里面有你的名片,我就搞到你手机号喽。"

听他说到这,我仰天长啸:"天要亡我,天妒英才啊!"

五

转眼间十天已经过去,巴黎的棋艺是否有长进,我确实不知道,唯一清楚的就是,饭我倒是蹭了不少。

我要回山东了,巴黎哭丧着脸:"师傅,我舍不得你。"

我暗忖:这小子是什么情况,坑了他那么多饭,还舍不得我?不行,以后要多和他联系,再坑点。

未等我开口,他又说道:"默生,我送你一程吧。"

我们买了两张火车票,他会在中途下车。我心里感叹:有钱就是不一样,土豪的世界,我永远不会懂。

火车飞驰在原野上,穿梭于群山间,横跨了江河,飞越了农田。一路上,我们望着窗外,一句话也没说。

又是傍晚,火车即将到站,我迅速摆好棋盘,说:"巴黎,再下一盘旗吧。我让你四步。"

他点点头。

四步过后，火车到站了，我死棋了。我扭头朝向窗外，人群熙熙攘攘，步履匆匆。千千万万的背影，消失在拐角处。等到一片寂静，汽笛再次响起，火车又缓缓启动。我看看车厢里，巴黎已经下车了，其他乘客也已经不多了。火车驶离车站，夕阳抹红了半边天，城市在余晖下，灯光渐渐亮起。

一抹残阳渲染了死棋，一滴墨迹圈染了伏笔，一盏孤星虚设了好景，一影韶华妆化了别离。

终于回到了自己的城市，灰色的道路，灰色的墙壁，妆点几抹看似华丽的色彩。运垃圾的卡车缓缓驶过街口，环卫工人身着破烂的外衣，站在卡车外面，与垃圾浑然一体，仿佛一座雕塑。不时有红衣女郎穿着吓人的高跟鞋哒哒地走过街道。我身在城市里，默默地想，还是灰色的城市迷人啊。

盛夏快要过去，我也没有办法阻拦。凉意夹杂在风里，被衣着单薄的我幸运地觉察。天空渐渐拉下秋日的戏幕，夏天渐渐退下了舞台。远山外夕阳如血，一阵轻佻的秋风掠过，卷走零落在街道上的几片黄叶，两片，三片……

南飞的大雁从这座城市的天空驶过，连不舍的哀鸣都未留下；红绿灯仍在不停地变换，而过往的人却渐行渐零散；路边摊主表演式的吆喝，招来的只有路灯悄然地亮起。

真可谓盛夏不懂秋的凉，游人不懂隐士的欢。

我乘坐列车行驶在季节的单行道上，记忆随岁月汩汩流入我心间，一点一点，每一个桥段都微微扬起我的嘴角。不巧，我与轻风狭路相逢，它打翻了我手中所有的记忆，信手拾起一片，还好，你来过。

后记

多年以后的一个深夜，我被急促的铃声惊醒："喂，默生吗？猜我在哪！"

我翻身下床，走到窗边，抿抿嘴，端起一杯热水，幽幽地说："伊斯坦布尔？"

"你是神婆子吗？怎么这么准啊！伊斯坦布尔哈哈哈哈……"

突如其来的尖叫吓得我魂飞魄散，顺势把手机拿到眼前，悻悻地骂了一句：这小子有病吧！

笑声戛然而止，我忙拿起手机问："哎呀，出了何事，为何如此扫大老板的兴？"

"好多外国人都在看我啊，虽然语言不通，但是我能感觉到他们在骂我，我可不能给国人丢脸。对了，你干吗呢？"电话那边的少年悄悄地说，如同犯了错的孩子，在害羞地向别人道歉。

"睡觉啊，不然还能干什么？"我看了看墙上的钟表。

"这才几点你就睡……哎呀，忘了你还在东八区了，我刚到土耳其，兴奋过头了，你快睡吧，不好意思啊。嘟嘟嘟……"

就这样匆匆地挂了电话。

我一个人怔怔地望着漆黑的夜幕，默默地和自己说：没事，反正我也睡不着了。它很低，但也许翻越银河，跨过高山和江河，会响起在那位少年的身边。

这时，一个年轻气盛的少年的身影浮现在我的脑海里，他站在课堂上，口沫横飞，手舞足蹈，忘我地描述行走在伊斯坦布尔街头的场景，然后一块粉笔头，从老师手中滑出，在空中画出一道完美的弧线，不偏不倚地砸中他的头，也砸醒了他的梦。

第二天早上打开电脑，发现他更新了微博：一个帅气的小伙，着一身帅气的牛仔衣服，低着头，一脸忧郁地行走在伊斯坦布尔黄昏的街道上，我不知道是他故作深沉，还是真的触景伤情，也许像他说的，山水一重重，往事一幕幕，每一程山水，都是往事的凝固。我拨好他的电话，却没有打过去。在电脑前静坐良久，才在微博上留了言：

梦想翻山越岭，会到你身边，思念跨越白昼与黑夜，会坠进胸腔。世界如诗，你我是最般配的韵脚，但是终其一生，我们不能一起微笑着流亡，只能待在各自的津梁，天各一方。

在斯普鲁斯海峡的西岸，一座古老而又庄严的灰色城市静静地坐落在金角湾和马尔马拉海的地岬上。在这座城市里，有一位风度翩翩的少年，一路慢走，一路挥毫泼墨，留下最传奇的诗篇。

一个毅然远征的背影，一座朝思暮想的城池；
一个与世无争的灵魂，一场没有终点的旅程。

巴黎以诗人的情怀，原谅了这个滥情的世界，从此，诗人踏上别路，路过一座座灰色城镇，留下一页页传奇诗篇。

那么，希望巴黎会在这个滥情的世界，继续自己无法复制的传奇。

淡抹韶华依稀醉

爸爸的礼物

别哭,最爱的人,我在遥远的地方散步,也想牵着你的手,可水平面已经在我上头;

别哭,最爱的人,人们都会老去,母亲带着荒凉迷路,孩子就这样松开了手。

我感觉用这句小诗作为故事的开头再合适不过了,那就希望原作者张嘉佳先生不要起诉我侵权了。

一

王道夫是我的初中同学,一直品学兼优,德智体美劳全面发展。可惜天妒英才,中考考场上,他发挥失误,只能和我们这些凡人一样,来到了县城里一般的高中。

是金子总会发光,王道夫充分证明了这一点。他利用高一的暑假,用家里所有的积蓄开了一家工厂。半年就把成本收回了,而且前途一片光明,他老爸也因此辞掉了工作,为儿子打理公司。他则继续自己的学业,每次考试都在全校前三名里。

周围的人们夸赞着王道夫，夸得他爸妈满脸花开，而王道夫总是沉默不语，无论人们说他是好是坏，他都似听非听。

笑，对于王道夫来说，也许是件愚蠢的事。

高二，王道夫做了一件令人费解的事：他选择了文科。和我一样，在一片反对声与讥笑声中，他走进了文科的教室。当人们问起选择文的原因时，王道夫长叹一声，就转身离去。

清高孤傲，这是他给人们留下的印象。

三生有幸，那时，我和王道夫同桌了。和学霸同桌的感觉就是不一样：作业永远完成得那么快，回答问题从来不会被问倒，别问为什么，这不是受学霸熏陶，这叫充分利用资源。

王道夫话很少，背课文时他也很少出声，如果看他背课文时嘴在动的话，一定是在唱歌，走进听听，嗯，唱的是《海阔天空》。

有时我们也会有对话：

"霸霸，你学习这么好，平时在家看电视，玩电脑吗？"我趴在桌子上，低声问他。

"嗯。"

"看什么节目？科教类还是文学类？玩什么游戏？CF还是英雄联盟？"我瞪大眼睛，感觉不可思议。

他微微一抬头，揉揉鼻子，眼神四处游走，随意地说："《喜洋洋和灰太狼》，游戏嘛，一般不玩，也就是斗斗地主，你说的那些游戏有点难吧，我的手很笨的。"

听到这，我的眼镜已经顶在了鼻子尖上。

王道夫有个习惯，他总是把心里的话写在纸上，然后把纸铺在桌子上。好像那样就可以把小秘密分享给一位知心的朋友。那位朋友，也许是白纸，也许是钢笔。我不知道，也许连他自己也没有搞清楚。

二

高二那年，王道夫的成绩后退幅度很大，但始终保持在全校前十名。可是这个成绩还是令我瞠目结舌。因为他付出与回报的比例着实让人羡慕。

数学是我们班所有人的噩梦，唯独除了王道夫。因为在高二前期的数学课上，他总是在做梦。

数学课一开始，他就把所有工具拿出来，课本、练习册、练习本等一一摆在面前，手里拿一支笔，摆出写字的架势，扭头说一句"给我看老师"就低下头，闭上眼睛开始睡觉。老师在前面讲得风生水起，下面学生听得醉生梦死、迷迷糊糊，可唯独王道夫，睡得津津有味。

王道夫上课睡觉有个习惯，他不会把头靠在胳膊或者桌子上，声称那样会被后门的检查员发现。于是在他睡觉的每一节课上，周围的七八个人都有了笑料——他的脸先是与桌面平行，然后头部慢慢下垂，接着，头部会做自由落体运动约 0.2 秒，然后以很难计算的减速度稳稳停在离桌面 4.45 厘米的高度，此时，脸部还是和桌面平行的。这时,他稍稍睁一下眼睛,眯成一道缝,抬头看看黑板和老师,低下头继续睡。

然而,隐藏在暗处的七八个人会在这时不约而同地趴在桌子上,躲在书后面爆笑。王道夫永远也搞不懂我们在笑什么,也许是他根本懒得去想。

后来,王道夫不再睡觉了,我们都觉得很可惜。

他开始学习,每一节课都是认真盯着书看上一节课,手里的笔还不时在空中画几道,但是字迹并不会出现在纸上。看到这我总是很纳闷,但是看他认真至极,我也不忍心打扰了。他左手总是捏着书页,翻翻停停。可是,就是这么一种状态,他还是忘不了提醒我给他"监视"老师。

我不禁感叹,学霸就是学霸,时刻注意老师的行踪,问问题都有把握。可是后来才发现,是我想错了。

原来,王道夫迷上了武侠小说,他把小说下载在手机里,然后带到学校来,拿一件外套放在腿上,上课时把手机阅读器调到自动翻页模式,然后藏到衣服里,于是就有了他上课的时候光明正大地阅读的场景了。而我却以为他在认真学习,甚至向周围人吹嘘说王道夫要爆发了。

他大爷的,他的演技欺骗了老师,欺骗了自己,也欺骗了我幼小的心灵。

三

后来我从他桌面上的稿纸得知,他想在高二结束自己的学习生涯,去闯荡社会,我心里暗暗佩服。可是心里还是有点担心和不舍。

其实一直以来,王道夫给我的性格印象就是敢说敢做。我也相信他可能真的就这样告别学生时代了。

终于有一堂课,王道夫没有睡觉,没有玩手机,没有唱歌,只是在默默地啃指甲,发呆。

我小心翼翼地问候:"霸霸?"

他撇头看看我,"何事?"

"话说你果真要离开学校?"虽然我知道他一定会离开,可我还是怀疑这只是他一时头脑发热。

他继续啃指甲,没有说话。等我扭过头后,他点点头。

我想劝他,但是不知该说什么好,还是把路交给他自己选择吧。

选择什么样的选择,结果什么样的结果,成就什么样的成就,回忆什么样的回忆。

而这一切,都将会是他自己的事情。

还有两周就年终考试了,可是他却他请假回家了,偌大的桌子只剩我一个,我心想,他要是不回来了,就让老师给我找个美女同桌吧。想到这,我不禁笑起来。

"默生,你笑什么,起来回答一下这个问题!"老师略带愤怒地对我说。

我支支吾吾站起来,无奈地说:"你刚才说什么?"

全班哄堂大笑。

上午,我收到一封信,是王道夫的爸爸寄来的。我打开一看,里面还有一封信,他的意思是,把里面的信交给王道夫。

我正纳闷,王道夫下午就回来了。看他眉头紧锁,我不禁暗忖,看来他的计划不被爸妈认可,憋了一肚子气。晚自习上课,他首先开口了:"可恶,我爸不答应我退学。"

"你打算怎么办?"这次换做我镇静地回答。

"犟,往死里犟!"他攥起拳。

我默不作声,心里准备着腹稿,刚要说,下课了。王道夫准备回宿舍,我拉住他,让他跟我来。

我把他带到楼顶,那晚万里无云,星星布满夜空,银河依稀可见,各个星座运作,调节着或许存在的命运和宿命。看着满天的繁星,我问他:"你现在有什么想法了吗?"

约莫过了半分钟,他终于开口:"妈的,你再不说什么事,老子回不了宿舍了。"

我几乎晕倒,只好打发他走了。站在楼顶,看着星空,心里有太多的话想说,却不知道从何说起,说给空气,我又害怕会煽了情。

第二天吃过早饭,班主任找到王道夫:"你爸爸让你回家趟,出了点事儿。"

他写好请假条，回教室拿东西，临走时在教室门口朝我做了一个胜利的姿势，嘴角微微扬起，也许，那是我见过他唯一的一次"微笑"吧。

一连五六天都不见他的身影，也许，他胜利了，他不会再回来了。想到这，我不禁一阵失落。

可是，他又回来了，不过，是来收拾东西的。

他真的要走了，而那封信我并没有给他。

还有四天就期末考试，他也没有打算留下来。

回到家里时，我收到了王道夫的留言：

默生，当你听到我的留言时，我已经在远行的路上了，我也不知道我要去那里，我只想逃离这个地方，越远越好。默生，你知道吗，那天我回家和家里人闹了矛盾，我也没办法，我只想离开学校，开始自己的生活。可是那天我离开家后，妈妈来看我时，在路上出车祸，离开我了。我对她说的最后一句话是：我滚，我不想再看到你。果然，那是我看见她的最后一眼……默生，你保重，记得好好学习，记得好好孝敬你爸妈。

听完留言，我心里一阵绞痛，也许天才需要磨炼，那我就默认为，这只是命运对王道夫的考验吧。

四

我翻出王道夫爸爸给王道夫的信，信上是这么写的：

儿子,最近学习很辛苦吧?身体健康吧?

今天下午那不愉快的事情,爸爸已然释怀,不知道你放下了没有。

孩子,自从你上初中开始,我们就聚少离多了,所以对感情的交流就少了很多,也许你不知道爸爸不善言谈,因此也就忽略了我们父子之间的情感交流,为此爸爸感到很抱歉,在此真诚地对你说一句:对不起,请原谅。

孩子,你从小就品学兼优,我和你妈妈为你感到骄傲和自豪。你在学校里要吃好喝好穿好,要学会保护自己,以免父母挂念。我和你妈妈身体健康,你也无须挂念。

关于你退学的事,我希望你慎重考虑。你有理想有抱负,我们很欣慰。但是凡事还须三思而行,毕竟这不是一朝一夕就能完成的。

儿子,你知道为父最大的愿望是什么吗?就是你回到家时高兴地叫一声"爸"或者是"妈",然后吃饭时一家人坐在一起,你高高兴兴地告诉我们你们学校里发生的一些奇闻逸事,再就是节假里,你完成作业后跟我或者你妈妈到田间小路上走一走,玩一玩。再或者帮我们干一些力所能及的家务。一家人其乐融融该多好呢?

真的很期待这一天。

孩子,忘掉今天的不愉快吧,让这个不愉快,成为我们家快乐的开始,也使你成为一个真正健康、快乐、阳光的小伙子。

真希望你放下心中的包袱以及各种压力,昂首挺胸,为你心中那美好的一片天去奋斗吧。

儿子你真棒，加油啊！

祝：学习进步，身体健康，阳光快乐。

爸爸

你看以前，妈妈拉着孩子，赏完星空下的花火，买了最漂亮的衣服；你听刚刚，妈妈在偷偷哭泣，孩子摔上房门说"讨厌你"；你看现在，孩子正抱着妈妈冰凉的尸体，37℃的泪水，每一滴都烫伤妈妈的皮肤，也许眼泪可以让皮肤回到常温，但是早已来不及。

孩子忍不住哭泣，于是迷失在饥荒里，爸爸牵起孩子的手，也不知道微笑在哪里，孩子虽去了远方，可到哪里也是流浪。

后记

我也想知道结局是什么，我也想知道后面发生了什么，可是我没有王道夫的消息，也无法推测会发生什么。但我会远远地祝愿，希望一切安好。

那天我来到王道夫妈妈的墓地，朴素的石碑上，刻着朴素的碑文，石碑上的照片安详地看着过路人。在台阶上，放着一盒蛋糕，盒子上夹着一张纸，是王道夫爸爸的字迹：

老伴儿啊，一辈子了，还没有给你过过一次生日呢。你跟着我受累，却没让你过上好日子，真的很愧疚啊。这次我给你买的蛋糕，以后只要我还走得动，一定年年来过。算是给你补过吧。

等我走不动了,就让儿子来给你过,一代一代的,不给你断了,哈。

没想到啊,你走得这么早,也不等等我。现在咱儿子虽然没有啥消息,但是我想,咱儿子是最棒的,这个你放心吧。

你也要好好保佑咱儿子,一定平平安安,健健康康。好了,话我也不多说了,你走好啊,我们都好好的。你在那边一定等着我去找你啊。

不知为何,我的眼角也湿润了。我想,故事的悲伤莫过于此——时间舍不得施舍,主角早已来不及追随。这里面,也许有爱人想要的拥抱,也许有孩子想要的唠叨。可最后,统统变成遥不可及的梦:无情的背影,爱人揾一下泪水;冰冷的尸骸,孩子殡一世孤独。

最后,微笑来不及启齿,思念汹涌如旧;悲伤来不及泪流,黑暗侵蚀眼眸;再见来不及挥手,那人早已远走。生命里太多的来不及,该放下就放下,不必强求,也许等你走完一段长长的路后会发现,一切的一切,不过是结局的铺垫,而自己,已然是故事的主角。

"儿子,过生日你想要什么礼物啊?"

"爸爸,我不要礼物了,我只想离开学校,追逐自己的梦想。你答应我吧。"

王道夫的爸爸沉默良久,他一口气抽掉了四根烟,终于对悲伤的王道夫说:

"好。你好自为之。"

[淡抹韶华依稀醉

坏孩子

我不在乎旅途的风景,只在乎角逐的输赢。在人生的旅途中,如果我想跑,你只能做我陪衬的背景。

一

"反正都要离开的,不如现在一走了之。"吴兴把手里的烟头摔到地上,碾灭后,带着我的目光,走出了学校大门。我记起他曾经说过的话:人生路上,沿途美不美,我不想关心,宿命还等我去完成,我得马不停蹄。

吴兴是一位探险者,狂傲的性格铸就了他不羁的灵魂。他曾只身一人带着500块钱去长沙,而且在那儿待了将近两个月。明理的人都知道,500块钱连往返的车票都买不起,况且只有16岁的他在长沙举目无亲。

据吴兴本人所述,他在长沙那段时间,因为水土不服,总是遇到饿得要命却吃不下东西的情况。"太辣了"是他对湘菜唯一的评价,也正是由于不合胃口,所以每次等到吴兴想吃饭时,总要花费大力气去寻找合口的饭菜。

他在那座城市的偏远地区为别人做体力活维持生计，顺带攒钱买回家的车票。他说长沙太潮湿，也可能因为这个缘故，在旅行结束之后，我们在车站看见他那略显疲惫的脸。

吴兴第二个引以为傲的旅程的目的地，是拉萨。与以往不同的是，这次他是买好了往返的机票，带上了500块就飞去了。回来后他不停地感叹拉萨的神圣，说那里是心灵的净土。但高原反应实在是把他折腾得够呛。虽然他只在那里逗留了二十几天，但回来时足足瘦了十斤。

"老实点吧，就知道折腾。哪一天再把小命搭上。"我无奈地对吴兴说。

他腼腆地笑起来，有话涌到嘴边，却没有说出口。

吴兴的探险旅程在我们同龄人看来，是时尚又自由的，朋友中也没有不羡慕的。但羡慕归羡慕，除了吴兴，还没有哪一个人敢复制他的壮举。而且时至今日，也有不少人不曾有勇气思虑过要踏上某一段旅程。

二

到了高中后，吴兴变得孤言寡语。问其原因，他说压力太大。

其实按常理来说，吴兴是没有理由郁闷的。因为他和我一样，都不在意成绩的变化，而且在学习方面，没有任何压力。

但最后事实证明，他确实被压垮了，但这所谓的压力，不是来自学习，而是学校与家庭。

吴兴的语文成绩很好，但他的实力，一学期只展现一次。每次期末考试，他的成绩一定非常突出。当被人问及缘由时吴兴总是轻蔑一笑，说："考场不是我的战场。"

吴兴的高中生活一直顺风顺水，但在某一天，故事发生了转折。那天的一个课间，吴兴被班主任安排去义务劳动，这让他很不愉快。由于工作量比较大，吴兴四人上课迟到。那节课刚好是语文，吴兴首当其冲。

吴兴觉得老师是随意找了个借口，借题发挥，但他强压怒气，坐到座位上。课堂上，老师让吴兴上讲台默写生字，吴兴站在讲台上，老师走过来问他："吴兴，平时复习了吗？"

吴兴的态度极不端正，虽然平时偶尔复习，但他毫不犹豫地回答：

"不复习。"

老师似乎也生气了，质问道："你就这个态度吗？"

吴兴面无表情地说："嗯。"老师果然发怒，大呵一声，让吴兴下去。

吴兴扔下粉笔，大步回到座位上坐好。

此后，吴兴上语文课再也没抬过头。

"你不会向她道歉吗？"我很着急地说。

"我能拿出成绩就行，她怎么想，无所谓。"吴兴趴在桌子上，把头埋进胳膊。

我无奈地撇撇嘴，走开了。我回头张望他的背影，想起他说的那句话：沿途美不美，我不想关心，宿命还等我去完成，我得马不停蹄。

古人说，福无双至，祸不单行。这句话为什么总是被验证，为什么总是成为真理，我不知道，但我确实见证了它的又一次应验。

吴兴写了一本书，眼看就要发表了，可他却停下了脚步。

在教学楼的楼顶，吴兴郁闷地抽着烟，一边抽，一边骂骂咧咧。

"有没有搞错，我才17岁，要不要也把买房子的压力加在我身上？"吴兴苦笑一声。

那时，我才得知，他家里人要买房子，也许开玩笑似的说了那么几句，惹得吴兴郁闷至极。

"压力来自人的看法。"我默默地回答。

"我他妈很有看法！到底有没有人了解我，不了解就算了，偏偏这样对我。"吴兴气愤地说道。

我无奈地摇摇头，说："你就不能想是因为'能力越大，责任越大'吗？再说了，你家人可能只是开个玩笑，你也没必要非当真不可。"

吴兴低下头，沉默良久才说道："算了，我不想去计较了，我想走了，走得远远的，别再有这些乱七八糟的事。"

"那你有考虑过你的家人吗？他们会多伤心，你知道吗？"我质问他。

"我不管了，反正从小到大，他们都没在乎过我的感受，我曾经还傻乎乎地事事为他们着想，现在这件事，不想也无妨。"吴兴吸了一大口烟，缓缓地吐出来，然后踩灭烟头，静静地眺望远方。

"想好去哪了吗？"我知道自己无法挽留，只好放任他。

"地平线！"吴兴想也没想，就这样喊道。

天空中铺着白云，如波浪般的韵律感妆化了这个单调的蓝色天空，宛若在大海上覆盖了一层潮汐起伏多次肆虐过的沙滩。吴兴对着天空，闭上眼睛，歇斯底里地发泄着自己的不悦，而天空默默无言，包容了他所有的烦忧。

声嘶力竭后，吴兴吐了口唾沫，压抑了一团怒火，就下楼去了。我望着他的背影，默默地叹了口气。

三

其实，简单的几件事并不足以压垮吴兴的天空。平时太多我不曾注意到的，或者不曾了解的一些因素，都在不断地骚动着吴兴潜伏的灵魂。

我总是叹息，也为吴兴的遭遇感到愤愤不平，但对此，吴兴会轻叹一口气，说："不用担心我，我和你比赛，十年后，我们都27岁，咱俩就比身价。"

吴兴准备好了一切，终于决定上路。那天乌云笼罩着城市，闷热的空气让眼里看到的一切都显得没精打采。我在校门口送吴兴，看他逃出学校，踏上离家出走的路。

吴兴的嘴里叼着一支五块钱一盒的泰山牌香烟，肩上的背包里只有一台破旧的笔记本电脑。

"你走了，世欣怎么办？"我问他。

世欣是他当时的女朋友，但吴兴离开这事，她却不曾了解。

吴兴低着头，沉默着抽着烟。良久，才缓缓开口道："十六七岁的爱情本来就很难有结果。如果终要辜负她，不如现在就放手，免得最后难舍难分。"

我摇摇头，说："你就是一个混蛋。"

吴兴试图挤出一丝微笑，努力了很久，但还是失败了。"她一定也会这么骂我的，你帮我向她道个歉吧。"

我无奈地点了点头。

学校教导处的值班人员走过来，从口袋中抽出一个小本子，指着吴兴说："哎，同学，你是哪个班的？不知道学校里不能抽烟吗？"

吴兴瞅了那人一眼，深深地吸了一大口，然后缓缓吐向空中。那人无奈地点点头，倒退几步，就大步离开了。

我知道自己已经不能再挽留什么了，而且吴兴心意已决，倔强的马儿要跃向悬崖，再优秀的骑士也勒不住生命的缰绳。于是我告诉自己，应该祝福他。

吴兴走了，留下一抹孤傲的背影。"地平线"上也许有他的归宿，所以他不见了。可那一抹背影，未在我的脑海中停留多时，就被意料之中的瓢泼大雨冲刷得无影无踪。

现实里，我没再见过吴兴，他的家人几乎把世界翻了一个遍，也没有找到他。

如果真要问我吴兴去了哪,我会沉思良久,微笑着对你说:"地平线。"

后记

过了很久,我才在朋友圈里看到吴兴的动态,那是一段视频。里面的吴兴染了一头金黄色的头发,耳朵上戴着耳钉,手臂上还文着一个小小的玫瑰,放肆地唱着歌。

无奈之下,我点了一个赞。不一会儿,吴兴就找我聊天。

我问他在哪,他说不知道,我又问他现在做什么工作,他又说不知道。我拨打他的电话,却是关机状态。我气愤地下了线,很久都没理他。

过了几天,吴兴给我传来了一段视频。

里面的他抽着软中华,双眼红肿。在他的左手边还有一瓶白酒,我知道,他喝醉了。

视频里的吴兴缓缓开口:

默生,我想自己已经别无选择了,我不怪自己,是这个世界逼我的,你别讨厌我。虽然我知道,所有的事都是我一手成就的,但我现在不想承认,十年之后我再说自己错了,我想也不会太迟。现在我很累,想睡一会儿。

那是我第一次看见他哭,而且哭得像个孩子,我的心像被刺了一下,紧紧地收缩起来。我赶忙回他:我没有讨厌你,你得好好的,千万别学坏。对了,别忘了我们的比赛。

过了好久，他才回我：我一定会赢的。后面是一排大大的笑脸。

我不禁地笑起来。

我望着窗外，想起来，自上一次离别，已经过了一年。眼前不再是疲惫的世界，雨过天晴，青草芊芊，黄绿色的柳枝随着春风轻摆，花间柳下，一对对情侣甜蜜地微笑。

窗棂上积了一层厚厚的煤炱，却把外面的风景牢牢框在里面，沟通了两个毫无瓜葛的世界。

我默默祈祷，祈祷那个远在"地平线"的"坏孩子"要好好的。十年后的比赛，他一定要赢。

情深似海，总有一首歌替我表白；人生豪迈，总会有一首歌为我喝彩。黑云笼罩，我终要离开，红雨瓢泼，我也不能等待，怒火一定要燃烧，让血液奔涌入海，火光照亮世界。纵使成为灰烬，也曾让世人胆怯。

老班长

你潇洒的身影,离开的飘逸;
你迷茫的眼神,离别的伤心。
你总是把球高高抛起,剩下的就不再担心,因为总有一个人会为你高高跃起,把球送入篮筐。

一

老班长不是我的班长,我们是在球场认识的,他叫胡琪。
胡琪比我大一届,可我们不在同一个学校,不在同一个城市。相遇又相识,我只能说是缘分。

那是一个夏季,可能是受全球气候变暖的影响,天格外的热,烤得知了不停地聒噪,惹得人心烦。阳光透过翠叶的罅隙,洒在地上,和破碎的树影混合在一起,构成了一幅巨大的抽象画。我坐在车内,窗户大开,手伸在窗外,和迎风击掌,任凭眼前的一幕幕飞驰而过。二哥驾驶着车,哼着 Jeff Buckley 的曲子,有时还随意摁几下喇叭,以作为伴奏。

听说 S 市的体育馆环境优美,高手云集,我们兄弟二人是慕名而来。一是为了和这里的高手过招,以示自己的霸气;二是为了体验一下在高端体育场里打球的感觉。当然,最重要的一点是,我们不想被烈日烤成乳猪。

胡琪之所以很快引起了我的注意,是因为他的一身白色休闲衣。

众所周知,打野球时衣服很容易被弄脏,特别是白色的衣服,尤其难洗,而这位少年迎难而上,若不是万里无一的高手,就是一无所知的菜鸟。

我看见他时他正在场下休息,汗水顺着头发滴下,落在衣服上,和原有的汗水融成一团,让原本宽松的白衣生生增加了几倍的重量。几滴汗水留在发梢,挤成一个个汗滴,一抖便会像暴雨一样而落下。他修长的手指握着一瓶脉动,还是青柠口味的。

我凑过去,和他聊起天来:"看阁下一袭白衣,却还是洁白如新,想必你一定是高手之高手吧。来来来,鄙人默生,小小礼物,不成敬意,片刻后还希望阁下多多关照。"

我伸手递给他一罐红牛。他一脸茫然,和我对视良久,我心里想:这货不会是聋子吧,莫非还要我打手语?

正在我狐疑之际,他终于开口:"你刚才说什么?我怎么没听懂?"

我尴尬一笑,但马上就恢复平静,叹一口气,幽幽地说道:"人们都说我谈吐不凡,风度翩翩,犹如蛟龙出海,但是一直没有人了解我的内心世界。高处不胜寒啊。"

这时我暗忖:人们都说我疯疯癫癫,说话无理无据,乱侃一通,甚至乱用成语,这样夸自己,会不会太惹人注意?但是我转念一想,马上就打消了这个念头:怕什么,这叫语言的艺术,是大智慧!那帮井底之蛙,鼠目寸光,怎么懂得我这高雅的情操!

他轻声一笑,接过红牛,熟练地拉开拉环,一饮而尽。

我坐在场边看他打球。渐渐地,我熟悉了他的球路,熟悉了他会怎么传球,会怎么过人。于是后来和他同场竞技时,我凭着自己的些许领悟用技巧压制他。可无奈胡琪实力太强,连续使用江湖上失传多年的传奇动作,最终我还是败下阵来。

太阳转眼间就落到了西山,烫着那一半的天空,渲染着夏天的傍晚。晚风偷偷地溜进体育场,拂落少年发尖的汗滴,万家的饭香飘进他的鼻孔,肚子响起了开饭铃声。

"一起吃饭吧?"我扔给胡琪一瓶水。

他点头答应了。

我心里想:现在的孩子,太随便了。

说完不自觉地打了一个喷嚏。

我们一行三人来到体育馆边的小店,痛痛快快地吃了一顿。从那时开始,我就认识了这位少年,从此,一起打球,一起网游。

二

其实，胡琪是个闷骚青年，平日里不苟言笑，一旦打开话匣子，汉字如滔滔江水，奔涌不息，最后奔泻到只有他自己知道的地方。

说明白点，就是乱说话。

你说改革开放，他能扯到物种起源；你说社会主义，他能侃到天体运动。他说自己是"大直若屈，大巧若拙，大辩若讷，大智若愚"，后来，我竟傻傻地信了。

但要说他的球技好，确实不是吹的。无论是大刀阔斧的进攻，还是行云流水的配合，他都掌握得得心应手。而且拥有一颗大心脏，在紧急关头也能有条不紊地组织进攻。

我痴迷于他的球技，早早地拜他为师。当然我经常会用请吃饭作为赌注与他较量，为此，我曾失去过太多美味的食物。

我们总会在球场边的饭馆完成赌局后的"财产分配"，我出钱，他出胃口。

我依稀记得那次进餐，他皱着眉头抱怨地球公转得太慢，以至于假期时间不够消费。我被可乐呛得窒息，好不容易缓过来，安静地对他说：

"你小声点，别让别人听到，万一怀疑你是傻子呢？哎，我说你这人怎么这么悲观？地球公转关你屁事？"

他面不改色，继续侃侃而谈："这叫什么悲观，这是客观，你懂不懂？再说了，悲观的不是我，是俄罗斯人。"

"此话怎讲？"我一脸疑惑，瞪大眼睛盯着他。

他悠悠说道:"我很难想象俄罗斯人听到像'奥斯特洛夫斯基'、'陀雷耶夫斯基'或者'车尔尼学夫斯基'等名字时却不会发笑的场面。"说完,他的眉毛轻佻地一翘,可乐在我肚子里立刻发生了化学反应,如波涛汹涌,大有井喷之势。但在我强大内力的压制下,还是平息了这场动荡。

他又仰天长啸,长叹一声:"其实,我一直感觉很郁闷啊。"

我没有说话,仍疑惑地看着他,他扫了我一眼,忧伤地说道:"我们家有座从祖上传下来的房子,因为在国外,所以所有权的归属问题一直没有得到解决,对此我时常觉得自己愧对先祖。"

听到这,我心里盘算:这小子又开始吹牛了。我皱起眉头,等待他的下文。

果然,他解释道:"祖上姓胡,名夫,房子在埃及,人称胡夫金字塔。"

说完大笑一声,吓得我魂飞魄散,立刻有了掀桌子、痛扁他一顿的冲动。但内力开始发作,可乐又开始汹涌,心有余而力不足,在心里只好长叹一声"天妒英才"。又摸摸口袋,发现银两不多,一旦行事,造成巨大损失必然难以弥补,搞不好以人身做抵押,遗憾终生,或者造访警察局,被列为恐怖分子,遭全球通缉⋯⋯

思绪走到这里,我已没勇气再推演以后的情节,缓过神来再看胡琪,依然在笑,气得我浑身发颤。心想,这东西不去做演员,真的可惜了。

从那以后,我再也没喝过可乐,或许我该感谢他,给我节省了开支。

但后来想一想，还是没有这个必要。因为我把所有买可乐的钱拿去买了动脉，结果入不敷出，财政连年赤字，我当初真的应该掀了桌子，以解我心头之恨。

一来二去，我和胡琪的友谊渐渐稳固。他一副不食人间烟火的高冷面庞，不曾痴迷于游戏，也不曾被困于儿女私情。

我曾希望以他强大的辐射来改掉我的臭毛病，可没成想，他很快就成为了我游戏战队里的主力，所向披靡，杀敌如麻。

当我向他请教飞速进步的技巧时，他又开始吹牛："我这叫真人不露相。天机不可泄露，徒弟你还是慢慢修炼吧，为师乏了，得回宫休息。"说完转身就走，得意忘形。

我心里一阵恶心，但嘴上却高喊："师傅武功盖世，绝世无双，实乃当今世上一员猛将，但深藏不漏，不卑不亢，让徒儿佩服……"

等他转过街角，我吐口唾沫，摸摸胸口，发现良心还在，便长舒一口气。

但胡琪马上又探过头来，说道："怎么不喊了？我还没听够呢！"

我在心里骂了声娘，咽下一大口唾沫，又喊道："以后徒儿行走江湖，若遭遇歹人陷害，还仰仗师父出手相助，救徒儿于水火，让我保得小命，以便让师父芳名流传千古……"

三

"有西伯利亚的味道。"胡琪突然神秘地说。

我大惊失色,莫非西凉铁骑又来骚扰中原了?

他32°眺望北方,沉默了半晌,说:"起北风了,这是从西伯利亚来的冷气流。"

我一脚踹在他屁股上。

你大爷的。

冷风吹面,寒风蚀骨,四季飞快地流转,不给主角休息的机会。主角站在风中,北风扬起他的围巾,仿佛一位诗人,在风中揣摩诗里的每一个字眼,却渐渐陷过不可逃脱的往事里。

他总是很认真地说:"默生,风一吹我就乱想,想那些很忧伤的往事。你知道吗,冬天来了,下降的不只有气温,还有人心的温度。"

我听不懂,却不敢往下问。

"起风的时候,我总是躲在被子里,用音乐包裹自己,然后静静地睡过去。因为这样,你才会出现在我的梦中,但我更希望,你能回到我的身边。"

这是胡琪的个性签名,我特意看过。它是胡琪在多年前写下的,一直延续到今日,或者更久。当初曾以为是他在思念某位女生,直到他给我讲了一个孩子的故事,我才改变了自己最初的揣测。

在一个寒风肆虐的冬日，处处都回旋着死亡的喘息。一个温暖的小屋内，爷爷穿好大衣，戴上参军时分发的军帽，对床上一脸笑容的小孙子挥挥手，便离开家去给他买棒棒糖。

从房门关上的那一刻开始，小孙子就开始兴奋而焦急地等待着。火炉渐渐熄灭了，房子里开始冷起来了，可爷爷还没有回来，让它保持原有的温度。小孙子担心起爷爷，他穿好衣服，也走进了狂风中。

他远远地看到爷爷躺在花园的小路上，花枝早已凋零成木柴，原本散落在地的花叶也不知被风儿吹到了何方。他跑过去，拼命地摇着爷爷僵硬的身体，可爷爷就是不醒。爷爷闭着眼睛，脸上挂着微笑，冰凉的手上攥着刚买的糖果。孩子掰开爷爷的手，触摸着爷爷冰凉的皮肤。他失声痛哭，泪水凝结在脸上。

街上路过的行人形形色色，却都只是扭头观望。路上行走的人远远地绕开爷孙俩，和马路上骑车子路过的人一样，直到自己的脖子扭到反转的极限才回头继续赶自己的路。

受冻的太阳早早地去了地球另一边，留下满天的繁星，放着幽暗、冰冷的光亮，街灯打亮行人脸上的好奇，却留给爷孙无尽的阴影。

狂风开始停歇，孩子渐渐明白，再也没有人给他唱古老的歌谣了，再也没有人给他讲神秘的传说了，再也没有人给他描述波澜壮阔的战争了，再也没有人陪他看满天的花火了。

时光荏苒，转眼已是多年。身边的人儿不见了踪影，这一去，虽是形影不离，却是阴阳两隔。孩子一天天长大，长成了胡琪现在的模样。往事早已如隔千年，但在他心里，永远忘不了曾经那位白发苍苍的战士。胡琪以为爷爷的身影会随岁月的流淌越飘越远，可他发现回忆随风，逆着时间的方向，一直被送到心灵的深处。

每年的祭拜，在爷爷的墓碑前，少年总是强忍着泪水，直到扭头后，在眼里打转的泪水才随脚步一滴一滴落在衣服上、石阶上。

他立志与众不同，他确实与众不同；他发誓出人头地，我想，他一定会出人头地，光彩夺目。

四

刚认识那几年，我们还经常在一起打球，南征北战，东西受敌。但只要有他，一般不会输得太难看。"胡琪"这个名字在我们周围的圈子内响亮得很，甚至有时会有小女生专程到球场看他的英姿。慕名拜师的人比过年煮的水饺还多，一个个心潮澎湃，热血沸腾。但是胡琪在那些陌生人面前，总归有些高冷。每次打完球，也是早早地就离开了。

"你喜欢哪个球星？"有次我好奇地发问。

他抬头望了望天花板，然后低头解开鞋带又重新系好，沉默了半晌，才说："保罗。"

"以后我叫你'保罗'吧？"我笑着说。

他笑笑，没有说话，就走进了球场。

晚上回家打开电脑，发现他更新了一条微博：

我不想成为谁,我也没有成为谁,因为无论谁,都不完美。

于是,每当在球场上有机会时,他总会快速切入禁区,将球高高抛起,就不再担心。因为总会有一个人为他把球放入篮筐,然后和他对视一笑击掌庆祝。

那个人就是我。

可是时光荏苒,岁月不休,时间从不长眠,半年之前,他进入高三了。和他最后一次碰面,也是在半年之前。街边小馆里,他有些憔悴,我想这次分别,对面的人恐怕不会再回来了。

"我得好好学习,没时间再玩了。你也要好好学习,我在大学等你和我一起虐遍校园。"

我淡然一笑:"你要好好活着。"

他潇洒地离开了。

嘶哑的蝉鸣在竭尽宿主的最后一丝力气后戛然而止,夏末的风吹落无数枯老的遗体,却吹扬不起胡琪的衣角。

从那以后,我再也没见过胡琪,到如今已是半年。

他的QQ头像半年没亮了,他的短信半年没发过来了,他的微博半年没更新了……我只是少了一个得力的战友,却半年没有好好打球了。我们现在在同一个城市里,却再也没有碰过面。

我想,他也许累死了。

一想到他死了,我就难过——以后没有人教我打球,还怎么脱单?

后记

  这是一个有关友情的故事，我知道，它并不引人注意，也毫无亮点。可我还是要写一写，因为我想，如果一个人的生命旅程中只有爱人没有友人的话，那应该是非常无聊的。
  友情是什么，像什么，你心里一定有一个答案。那就带上你的答案出发，说不定会有人和你同路，或者等你和他同行呢。

  三月烟花会笑，九月花草会凋。而六月，会有高考。
  当我在整理这些文章的时候，胡琪离他决战的日子已经寥寥无几了。我想他现在，已经好几天没洗头了。
  可想到这，我就不敢再往下想了。
  或许，他的桌子上贴满了励志的话语；或许，他的卧室墙上写满了公式和定理；或许，他的口袋里装满了单词；也或许，他在睡懒觉，课本上贴满了球星的写真，写满了球星的名字……
  可谁知道呢？

  我不会写长篇大论的忠告，那些蕴含深刻人生哲理的句子是一直被我仰望的。所以我只好祝福：如果你也要高考了，那希望你好好活着，说不定，未来还很美好呢。

九型人格

话说，人格分为九型，你必然属于其中一型。

至于每一型的具体特点及其评判标准，因为笔者也只是略知一二，所以在此也就不再做详细解释，以免误人子弟。感兴趣者可以打开百度、谷歌、搜狗等搜索引擎输入"九型人格"进行了解。

完美型

"莫禾，你还没好吗，你都化了一个小时的妆了，再不走就要迟到了。"坐在客厅里的闺蜜催促道。

"知道了，马上就好了。"莫禾急忙回应，却又暗自嘀咕：第一次约会嘛，不打扮漂亮点怎么行，哎，这条眼线貌似不太好看啊。

两个人飞奔进出租车，可惜晚点三分钟。莫禾后悔莫及，闺蜜苦苦安慰，才逐渐恢复她的心情。

见到男朋友，莫禾娇滴滴地说自己迟到了。男友淡然一笑，说没关系。

三个人安安静静地吃了晚饭，莫禾刚要说去哪玩，男友就平静地说：

"莫禾，分手吧，我们不合适，别来找我了，你会幸福的。"

莫禾眼里闪着泪花，良久才说道："是我哪里做得不好吗？"

男友一下子拍桌而起，指着莫禾喊道："够了！真的够了！我们这么年轻，要不要你天天跟个保姆一样？我一天给你写一张报告行了吧？分手吧，分手对俩人都好。"说完，男友扬长而去，留下莫禾孤独地在那里哭泣，闺蜜早已经被她打发去逛街，没有人过来安慰她。

一位服务生过去悄悄地说："小姐，你还好吗？"说着，递给莫禾一张纸巾，莫禾接过，说了声"谢谢，我没事"，就快步离开了餐馆。

街上灯光四溢，一对对情侣挽着手，说说笑笑地路过莫禾，晚风吹动她的裙摆，灯火黯淡了她的双眸。

可是莫禾跟没事人一样，卧室的墙上还是她男友的照片，手机桌面还是他们的合照，莫禾做的早饭还是男朋友爱吃的早点，桌边的水还是男朋友喜欢的温度。

虽然手边的水还是熟悉的温度，但是身边的人儿早已去了远方，这一去，就是翻山越岭，不见背影，海角天涯地流浪。

虽然在一座城市里，莫禾却再也没有见到他。她也没有急切地寻找另一半，或许，她在等他回头，但是却不知道，她等待的人，也许早已经忘记了回家的路。

助人型

风抽打着橱窗，一盏古老的街灯染黄了夜里的一方天空。在这个现代化都市的冬夜，一位衣衫褴褛的老奶奶顶着寒风，推着一辆破旧的老三轮车踽踽独行。她手上布满了老茧，岁月磨去了指纹和掌纹的印迹，再没有了血色。污垢藏在每一寸有纹路的皮肤上，渗到肉里，与人成为伴侣，仿佛从马尔克斯小说里走出的老者，孤独而又沧桑。

廖杰从面包店的橱窗后走出，脱下自己的羽绒服，披在老奶奶身上，将随身带出的几个面包偷偷放进老人三轮车里，在她一个劲儿地感激中跑回到店里。街灯落在老人狰狞的笑脸上，她渐渐远去，也渐渐老去。

我总是问他做这些事的意义，他却总是笑而不语。

2009 年，廖杰卖掉了自己的面包店，从新疆飞回老家。我们一行十来号人在飞机落地前五分钟得到消息，便风风火火去了机场。十来号人往大厅一站，就远远望见廖杰和分手两年的前女友抱在一起，众人顿时没了兴致。

老吴有感而发："爱情总是存在的。"众人唏嘘不已。

半夜三神神叨叨地说："我看他俩八成是在搞最后的诀别呢。"

众人齐唰唰盯向半夜三，他尴尬一笑："呵呵呵，我猜的。"

我是该说半夜三是乌鸦嘴还是名侦探呢？反正无论说他什么，他的猜测是对的。

廖杰在得知前任将去美国定居后,以最快的速度回到老家。因为时间紧迫,他只告诉了前女友,让她去机场接他。说来也怪,分手两年还在保持着联系,飞机落地只记得前任,而我们这一帮被冷落的人,还是通过他爸妈得知他要回来的消息。但我们没有怪罪廖杰,因为一直以来,对于前任这位女生,廖杰一直被扣有"重色轻友"的帽子。

"还回新疆吗?"在老家楼顶的平台上,我对廖杰说。

"不回了。店卖了,以后在老家发展了。"他静静地抽着闷烟,但心里一定在和星星对话。

"都这么长时间了,还为她付出这么多,值得吗?"我愤愤不平。

他又陷入了长时间的沉默。

"为什么不试着去追回来,你给过她很多感动。"我又开始可怜起他来。

他掐灭烟头,甩在地上,熟练地用脚碾灭,起身离开,黑夜里回响起他的叹息:

"感动不是爱。"

我还在原地等候,虽知你不会再回眸,但愿你消失后,我还能入梦。

成就型

少年有一个习惯,半夜三更起床,不开灯。站在窗户边,端一杯热水,静静地打量着沉睡的城市。有时,月光落满水榭;有时,繁星铺满苍穹。街灯眨着疲惫的双眼,树梢扭动着整个身子,光怪陆离的街道一直延伸到远方,黑夜的沉寂与窒息让人感受不到时间的流逝。

"你在看什么?"

"别人看不到的东西。"

"那打开灯吧?"

"我自己来。"

一杯热水沉底,半夜三抖抖肩,接着回床睡觉。可灯始终没有亮过。

日日如此,年年亦如此。

"你不会是梦游吧?"

"我很清醒。"

"你天天大半夜起来那么看有什么意义?"

"你会明白的。"

2012年,半夜三和女友分手了。

当晚,我们都拉着他去唱K,他婉言谢绝。

他笑着对我说:"默生,我想出去走几天。等我回来,应该就能忘记她了。"我沉默良久,点了点头。

他坐上了一大早的飞机,飞去了我们不知道的地方。他的朋友圈不停地刷新，一会儿在江南，一会儿去了南美，一会儿又去了北欧。

他离开了两个多月，凯旋时春光满面。我在机场调侃他："我以为你半路上遇到了真爱，不回来了呢。"

半夜三爽朗一笑，也许他真的忘记了白九。

那看来真的如他所讲，一个人忘记一个人，期限为一年。很多人在保质期来到之前就易主了，也有的，超过了期限，少数被主人发现了，补救回来，多数变了质。两个月的时间，从南美到北欧，半夜三经历了一个四季的轮回。这一次的四季变幻，也许就成了半夜三的保质期限。

晚上摆好酒席，十几个人为半夜三接风。他向我们讲述一路的奇闻逸事。一人嘴贱地提到了白九，半夜三微微一笑，三言两语带过了这个话题——没她难受点，又不是没她不可，过段时间就好了。

众人都赞他的旷达。深聊到午夜。一个个人都回家去了，半夜三已是大醉，爬在桌子上不省人事。我把他扶到床上，就离开了他家。

第二天一大早，我来找半夜三，他的醉意没有完全消退，他憨笑着说："默生，我认为自己还没忘了白九。"

我笑着问："那怎么办？"

他认真地说："等我再听到或念到她的名字时，如果不再有感觉了，我想，才算真正地忘了她吧。"

我说："你努力。"

"去给我倒杯热水，我练习一下。白九，白九，白九……"

他边说边笑。我去给他倒水,"白九"这个名字还在半夜三的家里久久地回荡。

声音戛然而止,我并未在意,端着水走向卧室,才发现半夜三倒在床上哭得像个孩子。

后来,他白天总是神采奕奕,但晚上就会陷入别人不易觉察的悲伤。午夜里他窗边的轮廓,勾勒了一部部悲伤的故事。若真的要问他在看什么,我会回答,他在默念一个名字,一直念到不再记得。

妈妈担心他出事,越来越频繁地打扰半夜三。直到有一天,一向安宁的小区发生了一起盗窃案。半夜三为警方提供了有力的证据,警方顺藤摸瓜抓住了盗贼之后,妈妈才不再去打扰。我也总是劝他,他开始用自己的事迹来反驳我。

我说:"那种事几年才碰到一次,你天天在那里站着,挺吓人的。"

半夜三眼睛里闪着泪花,他望望天空,忧伤地说:"是啊,几年才碰到一次呢,说不定一辈子也碰不到呢。"

我疑惑地看着他。

他继续说:"那个小偷,是我雇来的,没别的意思,就是想一直站着。"

我点点头,领会了他的意思,于是,我也不再去打搅他了。

会有一首歌,是你不敢再听的,其中的每一句歌词,都把你扔进回忆的漩涡;

会有一张照片,是你不敢再看的,其中的每一种色彩,都染湿你骄傲的眼眸;

会有一个名字,是你不敢再念的,其中的每一道笔画,都屏住你命运的呼吸。

然而,这些却都是你念念不忘的。

如果你一定要离开,请你愿我安好。

自我型

我对张信说:"孤独和苦难一样,都是财富。"

他醉眼一闭,微微一笑,长舒一口气,"是手段。"

张信和我从小就认识,在我的印象里,他一直是一个对人毕恭毕敬,说话温文尔雅的男子。这一形象的颠覆,是在他28岁那年。也就是那年,他有了自己人生的第一个女朋友,也可能是他人生唯一一个女朋友。

凉风萧瑟,黄叶漫天,记忆随风飘远,美好随叶片跌落。大学的秋天里,男男女女,该分手的分手,该挽留的挽留。一对对情侣如同一对对纸牌,位置重新调换。只有张信这一张,故意偷偷地躲在了只有他自己铭记的角落。

在教学楼的楼顶上,我和张信四处张望。夕阳泼出的暖色调色彩与满地的黄叶相映成辉。张信抽着烟,看着街道上漫步的情侣,陷入了深深的沉默。从小学到大学,我身边唯一没有牵过女孩子的手的，只有张信一个。

这个纪录也一直被他保持到28岁。

"那么多追你的，你看不上眼？"我看出了他的孤独，顺势坐在高高的楼台上，双腿伸到楼外。于是开始有人停步仰望。

张信轻轻掸了一下烟灰，说："一个人挺好。"

"哦？"我假意疑惑。

他又说："我怕自己辜负别人，也怕别人辜负我，我想走得稳一点。"

"你走得够稳了。"我调侃道。

这时楼下的人多起来，聚在一起，像一群嗷嗷待哺的雏鸟，好几个人还喊道："你跳不跳啊，不跳老子可走了……"

张信微微一笑，说："我们走吧，这样不好。"

我抽回腿，在楼顶上伸了一下懒腰，懒懒地说："你怎么这么胆小？"

张信一瞥眼，"这叫尊重。"

楼下的人很快就散去了，我和张信又沉默着去教室上自习。

或许，毕恭毕敬来自灵魂深处的自责。张信一路坦途，步步为营，我想，他灵魂深处一定总有一个声音，告诉他，宁愿孤独，也不能去辜负。

大学毕业已经很多年了，身边的朋友该结婚的结婚，该养孩子的养孩子。人人都在忙碌着，只有张信还在享受着单身生活。林建结婚那天，我和他聊到半夜，我滴酒未沾，他却早已酩酊大醉。

"还不打算找另一半?"我趁机找到了话题。

他面不改色:"一个人挺好。"

"哦?"我又假意疑惑。

他又说:"事业失败了,也不连累别人,多好。再说,我没头脑,失败好几次了,跟着我只有吃苦的份。"

他掏出怀里的软中华,刚要点上,被我一手抓过,放回了烟盒。他朝我一笑,叹了一口气。

我说:"孤独和苦难一样,都是财富。"

他醉眼一闭,微微一笑,长舒一口气,"是手段。"

我笑着问:"什么意思?"

他艰难地起身,用手支撑着身体,我赶忙上前扶他,他却挥手示意我不要管他。

路灯下人影憧憧,行人踉踉跄跄,嘴里还不停地念叨——stronger。如果行人还在路上,目标还在前方,那么,无论黑夜还是白昼,无论曲折还是坦荡,都要一往无前。

2012年夏天,张信打来电话:"默生,老子有女朋友了,你找几个人,今晚我请你们吃饭。嘟……"

我拿着手机张着嘴巴,久久没有缓过神来。大脑系统约莫缓冲了半分钟,才想起要做什么。拿起手机疯狂地拨打电话——"张信有女朋友了,他要请咱们吃饭,快走啊。""张信那小子脱单了,嘚瑟地要请咱吃饭,快来啊……"

张信挽着女朋友的手步入饭馆的大厅,如同盛装出席正式的晚会。他的女朋友总是安安静静,却总能察觉到张信内心深处的微妙变动。

饭罢,众人皆欢喜离去。我开车送张信和他女朋友回府。把张信丢到他家门口后,车里久久一片沉寂。我通过车内的反光镜捕捉到了张信女朋友望着窗外的画面——街灯一个个掠过她的脸,她的眼睛里洋溢着幸福。

车子马上就到达目的地了,"你爱他吗?"我问她。

一个笑容绽放在她的脸上,她没有说话。车子停下了,她停了很久,最后望了望窗外,笑着说:"不爱。"

我"哦"了一声,也笑了。

我目送她的背影消失在黑夜里,心想:终于可以喝到张信的喜酒了。

如今,两人已经完婚,并且喜添一千金。两个人也开始了与同龄人相同的日子。那年,28岁的张信选择了未来,他也曾孤独,但他已经足够strong,或许不再需要这些手段了。

铭文要积淀多少岁月,才会显得古旧;人要错过多少邂逅,才会遇见长久。那么,千言道不破的是红尘阡陌,万语述不尽的,是悲欢离合。

理智型

"我想上北大,但有一种宿命在召唤我,我觉得我得去完成宿命,所以我不上北大了。"高三毕业那天,这一句短短的话,被高寒说得如此悲壮,又如此悲凉。

高寒是我见过最厉害的学霸，过目不忘的本事暂且不提，单单一项一针见血的能力，就让我等凡人瞠目结舌。她的成绩总是全校第一，名牌大学的录取通知书，早已是她的囊中之物了。我预料她会被提前保送大学，但她和我们这些凡人一样，也走进了高考的考场。

高寒相貌平平，但眉宇之间却透出一股灵气，眼神如同利剑，仿佛可以刺破一切事物伪装的外壳。站如松，坐如钟，行如风，谈吐如英雄。校史上称之为"女强人"，甚至有"高寒也，高处不胜寒也"等记载。

高考揭榜那天，高寒无疑是最闪耀的，全市前三甲的成绩，争取北大的录取通知书如探囊取物，轻而易举。羡慕，嫉妒与佩服，人人都有了自己的情绪。她如同老道的大厨，随意地支配着人们的酸甜苦辣。

但她没有去大学。

"我想上北大，但有一种宿命在召唤我，我觉得我得去完成宿命，所以我不上北大了。"高三毕业那天，这一句短短的话，被高寒说得如此悲壮，又如此悲凉。

我们私底下都说她傻，说她狂傲，班主任也极力挽留，但高寒微微一笑："各位保重，来年再见。"

教室里没人再说话，高寒迈开步子，走出了教室。可之后四年，却再也未见。

大学毕业那年，高三的班主任把我们聚在了一起。一来，是叙旧，二来，也是叙旧。

高寒很晚才赶到，她的着装朴实无华，怎么也不像一个在社会上打拼了四年的前辈。但她不再像以前那么稚嫩,一身运动装,也掩盖不了她非凡的气质。

大家一个接一个地问她过得怎么样,她依旧微微一笑,"挺好的。"

大家聊得尽兴,老班主任也笑开了怀。夜已深,人们开始离去,一堆人在饭店门口说着最后的情话。

一辆银色的阿斯顿马丁跑车慢慢驶过,停在我们前面,高寒探出头,说了再见,挥挥手就驶向了黑夜。一行人皆惊叹,有人还在张着嘴,久久没有缓过神来。

老班主任笑着说:"她跟她爸爸要了点钱,开了一家公司,现在一年挣五六十万,这么年轻就有了这样的成绩,非人力所及啊。"

后来我想,她那一身朴素的运动装,才是那天她对我们这等凡人当年所说的轻蔑的话最有力的回击了。

"有一种宿命在召唤我,我觉得我得去完成宿命。"
"碰得头破血流?"
"不怕。"

疑惑型

我推开宿舍的门,只有半夜三在窗户边目不转睛地玩着游戏。向西的窗户透过了夕阳,把宿舍染成金黄色。
"咦?巴芙去哪了?他怎么没在睡觉?"我紧张地问半夜三。

他头也不抬，说："在楼下。"

我走向窗边，果然看到巴芙在和一个女生说话。

"他身边的那女的是谁？"

半夜三依旧不抬头："刚交的女朋友，你不知道？"

我静静地看着巴芙出神，宿舍楼前的地砖铺就了他们的舞台，他们是故事的主角，或许已经忘了台下的观众。

从大二到大四，两个人天天缠缠绵绵，巴芙甚至为她改掉了午睡的习惯，不再像以前一样，从下午1点睡到晚上5点。但他的缺勤记录，还和以前一样多。

因为他的记录，不能再多了。

大四毕业前的几个月，巴芙总是一个人在窗户边抽烟。惆怅禁锢着他的面容，烟雾包裹着他的一切。我把那几个月里他所遗留的烟蒂都放进了一个大塑料袋，毕业的时候我称了一下，足足有3斤。

女朋友打算毕业后去新疆，而巴芙却想回山东老家。几个月下来，双方依然没有谈妥，巴芙瘦了好几圈，身体极度虚弱，可还是天天抽烟。

毕业前天我在食堂吃饭，巴芙的女朋友在我对面坐下，说："你就是默生吧？"

我点点头。

"我是巴芙女朋友。"她自我介绍。

"我知道。"

"能和我说一说巴芙吗？"她诚恳地问。

我挺直了腰,"好吧。"

但两个人沉默了半分钟,也没有找到话题。

我率先打破僵局:"你是怎么想的?"

她面无表情地说:"我不想去新疆了,只要他坚持,我陪他去山东。"

我点点头,她又急着说:"你别告诉他,这算我的考验。"

"你不怕失去吗?"我疑惑地问。

"怕,但那又怎样。"

我若有所思地点点头。

我对巴芙说:"你得坚持。"

"没用的,我放弃了。"他抽着烟,望着窗外摇摆的柳枝。

"你得听我的。"

"会失败的,不想坚持了。我不想说了,我要睡觉。"

巴芙的手机响了,我依稀听得见电话那边他女朋友的乞求——巴芙,我明天就要走了,你能来送我吗?

巴芙沉默良久,叹了口气,"好。"

在机场,巴芙手捧一束玫瑰,与女友沉默着走着。巴芙把玫瑰交给女友,两人相视一笑,女友转身而去。

巴芙轻轻地叫了一声她的名字,她飞快地回过头,脸上带着久违的微笑。

巴芙艰难地启齿:"你保重。"

女友的微笑瞬间变成了泪水,夺眶而出。她艰难地笑笑,点点头，回过头，朝前走去。

两年之后，女友飞到山东，巴芙在机场接她。但是与曾经不同的是，两个人的身边，都换了伴侣。

相逢的是微笑，话别的是悲秋。在他们的记忆里，彼此都成为了心里的陌路人，无关风月，或许，也没有了那些无所谓的牵挂。

"带着我在山东玩两天吧。"前女友对巴芙说。

"没问题，带你去看海。"

两个人失联了十好几天，两位现任满世界通缉他们，可惜，再快的速度也追不上灵魂的脚步，世俗的枷锁也禁锢不了心灵的悸动。就在当所有人都认为两个人要旧情复燃时，他们才出现，澄清了这个毫无依据的流言。

"巴芙，如果再给你一次机会，那么分手那天，你会对我说什么？"

巴芙沉默半晌，眼角闪烁起了泪光。他看着海天相交的弧线，说："那时，我只知道自己的挽留是徒劳的，但是如果真的回到曾经，我会说，'能不能别走'。"

前任破涕为笑，打了巴芙一下："傻瓜，如果当时你真的挽留，我会留下来的。临走前你叫我的名字，我真的以为你会挽留我。"

巴芙叹了一口气，两个人望着天际，几乎同时说："可惜一切都晚了。"一字一句，镶嵌在时空的封面上。两个人对视一笑，再也没有说话。

海与天相隔太远，可是偏偏交织成线。你大概不会知道，海天相吻的地方，交织着我的思念。

如果时光倒流，我又该怎么挽留；如果回到过去，我又该怎么珍惜。我是无知，你该是幸福。对不起，辜负你。

活跃型

"把灯调亮点！"我有点不耐烦了。

"灯有多刺眼，阴影就有多黑暗。"陈吉忧伤地说。

我直起腰，沉思片刻，说："这是什么逻辑？"

陈吉双手一摊，耸了耸肩。

我平静了心情，缓缓地说："伸手不见五指的黑暗会吞噬你的一切，那不如让亮处更亮。阴影的话，灯光下一定会有阴影的，何足挂齿？"

陈吉从忧郁王子到喜剧之王的转变只用了一个晚上的时间。我认为在人格上跨度如此之大的转变简直是非人力所及。如果不是他受了重大刺激，就是脑部重创，失去了人格记忆。

我想，后者更为靠谱些。

大学毕业后我回老家，碰到了多年不见的陈吉。他依旧留着长发，缱绻着如同金丝般富有韧性，在微风中轻轻摇摆。他是忧郁王子，正因为他清秀脸庞上散发的贵族忧郁气息，在初中和高中时代，受到过无数少女的追捧。

可这些虚无的光环并没有撼动陈吉内心孤独的墓碑。也正因为沉默寡言,在大学期间人脉堵塞,5科不及格,提前离开了学校。

我找了几号人一起吃饭,以庆祝脱离形式上的学堂。陈吉像往年一样,坐在最不起眼的角落。我心疼他的孤独,暗示他去卧室玩电脑。他像中了彩票一样,两眼放光,告别的话没说就慢慢地去了卧室。

聊到深夜,送走了桌边的老朋友,刚要出门,才想起卧室里的陈吉。我飞奔到楼上,发现他在玩我的"漫游枪手"。我坐在他身边,慵懒地看他玩这个他根本控制不了的游戏。其实,他的后背已经湿透了,头发上的汗珠都滴在桌子上,一片狼藉。他用可怜的目光看着我,我大笑,就转了转键盘,向前躬了躬身子,津津有味地玩起来。

我瞥了一下陈吉,他的眼睛凝固成了雕塑,嘴巴也无意识地微微张着。

"把灯调亮点。"我轻轻地说。

陈吉没反应。

"喂!陈吉?"

他终于动了动眼睛。

"把灯调亮点!"我有点不耐烦了。

"灯有多刺眼,阴影就有多黑暗。"陈吉忧伤地说。

我直起腰,沉思片刻,说:"这是什么逻辑?"

陈吉双手一摊,耸了耸肩。

我平静了心情,缓缓地说:"伸手不见五指的黑暗会吞噬你的一切,那不如让亮处更亮。阴影的话,灯光下一定会有阴影的,何足挂齿?"

陈吉盯着我看了一会,又看了看手表——凌晨2点。他选择了在我家客厅睡一晚。第二天早上,我刚推开卧室门,客厅里的欢笑声扑面而来,我惊讶地走过去,原来是陈吉在看娱乐节目。我相信那时我的眼睛和嘴巴一定和阿基米德墓碑上镌刻的圆一样大,一样圆。

见我惊讶地盯着他,陈吉眨了眨眼:"怎么了?"

"你每天早上都这么活泼吗?"我缓了缓才这样说道。

他吃着我的薯片说:"第一次吧,怎么了,这样不好吗?"

我笑笑,走回卧室,拉开窗帘。我坐在窗台上,看街上行色匆匆的路人。我想起在高中的课堂上,一个少年坐在窗边,望着外面的风景静静出神。他双手托着下巴,肘下压着一个漂亮的笔记本,上面写着郑愁予的诗句——我不是归人,是个过客。

从此,陈吉成了喜剧之王。爽朗的笑声不再是他的稀有物,文章的字里行间也不再弥漫着贵族的忧郁气息。

一开始,我们这些身边的朋友还有些适应不了,但细细想来,不用再帮陈吉的孤独找时空,众人长舒一口气,在自家的观音像前焚上三炷香,以谢上天的恩惠。

喂,应该是感谢我好不好。或者是陈吉他自己。

2013年,陈吉决定远走他乡,至于目的地,他说他也不知道。

"这个世界太喧闹,我去找一片乐土,一个人耍去。"在机场,陈吉戴着墨镜,微笑着说。

我看不到他的眼睛,就拍了拍他的肩膀,说:"朋友们等你回来。"

他长舒一口气说:"梭罗有他的瓦尔登湖,我也能到自己的瓦尔登湖,你们保重。"

我说不出话,最后挤出一句"保重"时,陈吉已经走远。我似乎看到他抹了一下眼泪,但愿是我看错了。

两年过去了,陈吉没有回来,我只收到过两次他寄送的包裹,都是两束鲜花。

一年一次,我把它们摆在陈吉父母的墓前,郑重地鞠一躬,然后离去。

我想起那次在 KTV,我问陈吉为什么会改变自己,他跟着音乐跳着迪斯科,把话谱成了 RAP:"这个世界太滥情,众人皆醉我独醒,餔其糟而歠其醨……"

行人选择了光明,所以背后是长长的阴影;笑语选择了悲剧,所以结局不会太煽情。乱世浮华终囚禁不了孤独的魂灵。

在滥情的世界里,只有碑文会给我指引——我是命运的过路人,命运是我的调味品。我不知道时间有多远,所以,我还要不停地寻找那片乐土。

纪念陈吉。

领袖型

身边的人一个接一个长大、成熟，似乎每个人都找到了自己的道路和归属，所以潦草写下别言，在飞机的呼啸声或火车的汽笛声中远走他乡。送别的站台上弥漫着太多忧伤，也留下过太多游子的叹息。

秋桦毕业后，在外漂泊了半年多，最后还是落叶归根，决心扎根家乡。

中考那年，秋桦考试失利。家里人准备好钱打算送他去高中，秋桦仰天大笑一声，毅然拒绝。

"金子总会发光，"秋桦说。

我信可地点点头。于是秋桦去了职业高中。

秋桦在职业高中混得风生水起，代表学校参加了市里的篮球赛，连续两年蝉联冠军，受无数女生疯狂追捧。但他偏偏中意于一个对他不温不火的女生，疯狂追求2年仍无进展。

人们曾问那位女生为何如此无情，她无奈地说："我不知道自己喜不喜欢他。"

职高第三年，秋桦又率领校队杀进市里的篮球决赛。与以往不同的是，他们这一路走来，没有了以往摧枯拉朽的霸气。就连最后决赛，他们也是跌跌撞撞。

话说成也萧何，败也萧何，秋桦在比赛最后时刻的低迷葬送了学校三连冠的希望。当比赛还剩下30秒，而自家球队还落后2分时，自动请缨的秋桦没有书写传奇。主场球馆内的球迷一片嘘声，只有些许外校的球迷冲进场地，高高举起自家球员，疯狂地呐喊。

失落与狂欢交织，一方小小的天地，演绎着两种命运。多少黯然神伤的背影在不经意间迷失了方向，来不及说太多台词，结局就已经被自己写就。

秋桦走出球馆，抬头望望蓝天，轻叹一声，悄悄地离开了。

从那之后，很多人开始用语言攻击秋桦，但他不在乎。

不少人给他的自行车上锁，害得他上课、训练迟到。遇到这种状况，他总是轻叹一声，从容地继续自己的行程。

在职高的最后一年，秋桦开始实习，与球队练球的时间少了，但这并没有影响他在球队中的威信和地位。也正是在这一年，秋桦苦苦追寻了三年的女生选择了归宿。

他整日茶不思，饭不想，整个人瘦了一圈。一个多月没有参加训练。

教练没有批评他，还偷偷对队员们说："队长失恋了，你们好好安慰他，情场失意，球场得意，咱学校还能再添一个冠军奖杯。"

秋桦在职高的最后一届球赛打响了，但他并没有像教练想象的那样所向披靡。场均个位数的得分让原本的"巨星"失去了光环。

学校领导曾一度怀疑是秋桦的态度出现了问题，责令教练辞掉秋桦，教练一时方寸大乱。还好在球队全体队员的威胁下，校领导收回了成命。

球队如上一年一样，跌跌撞撞杀进决赛。面对老冤家，队员们人心惶惶，胜负仿佛已成定局。

而这一场比赛，让一个英雄证明了自己，如你所想，他就是秋桦。

比赛前三节，秋桦出手十几次了，但无一分进账。其他队员苦苦支撑，才没有让比赛过早进入垃圾时间。三节过后，对手以15分的优势昂首挺进第四节。

场下，教练的眼神中充满着无助与失望。他望了望球场天窗，轻叹一口气，然后决定重新制定战术。他放弃了原先以秋桦为中心点的战术，决定以表现突出的球队三号位为突破口，做最后的挣扎。

三号位早已气喘吁吁，精疲力竭。他大喊自己不行。教练无助地看看他，一圈人默不作声，沉默了良久。

又是秋桦自动请缨，教练迟疑刹那，欣慰地笑了。

第四节一开始，秋桦一人就独挑大梁，在比赛最后时刻，几乎凭借一己之力制造了悬念，并在距离比赛结束还有20秒时将比分扳平。

球馆内的所有人，无论是观众还是场边球员、工作人员，都不自觉地站起来，屏住呼吸。秋桦半跪在地上重新系了一下鞋带，搓了搓手站好位置。

场边的队友将球发给秋桦，秋桦在三分线弧顶处持球。场内一片寂静，只听到皮球"呼呼呼"的撞击声。突然，秋桦持球，向防守队员迈了三步，然后向后撤了一大步，甩开防守队员，笔直地跳向空中,将球投出,一连串动作一气呵成。所有人伫立着,望着空中的皮球。

其实,在秋桦出手的那一刻,胜败已经有了归属。很多人不愿面对,所以选择凝视;很多人早已预料,所以球在脱手那一刻,他们已经做好了庆祝的准备。

球还在空中运行,秋桦已经回过头准备下场了。没错,剧本就是这么写的,一切都有安排,一切都是刚刚好。

终场哨声响起,皮球也应声入网。那道弧线仿佛还在对方球员的眼前,一点一点,刻成了心灵上的刀疤。

全场沸腾。就连对手的球迷也禁不住赞叹。

秋桦立在原地,虽然球进了,但他没有呐喊,轻叹一口气,笑了一声。人从四面八方涌向球馆中央,时间仿佛在那一刻静止,秋桦环顾四周,一切都像是慢动作回放。人潮如海浪,拍打由保安排成的海岸。秋桦快步走向更衣室,人群随光环涌动。所有人高呼秋桦的名字,但他早已无影无踪。

"万众瞩目终不比一人回眸。"

秋桦在更衣室伤心地说下这句话。

人们都说,有多少付出,就会有多少收获。那我可不可以拿现在的收获,去换回曾经的付出?

我在岔路口上迷失了路标,只是想同你一路微笑;可我在单行道上丢失了车票,你没有回眸,我不再奔跑。

和平型

忠回念完初中后去了职高，其实他原本可以和我们一起读高中的。

"路还是要自己选。"毕业的聚会上，他是这么说的。

在职高读了一年多，过年回家时，忠回找了几个好哥们一起吃饭。饭桌上，没人提未来，所以没有人喝醉。

在那个小村庄的边界上，有一条铁路，卧在高高的土堆上。夏天的傍晚，人们上去吹风；冬天的傍晚，人们上去观望。有时，微风拂过土岗，火车缓缓驶过；有时，夕阳渲染背景，列车描摹轮廓。安静的村庄静静地沉睡在高高的土岗下，当然，只有在这里观望村庄的面容时，才会觉得它如此温顺。

顶着寒风，我和忠回、巴芙二人爬上了土岗。三个人坐在冰凉的铁轨上，一起看着位于西山之上的太阳。

忠回拿出手机，放起了 Owl City 的歌，忧伤地说："我念够了，不想上了。"我和巴芙不约而同地扭过头惊讶地看着他。

忠回点上了一支烟，吧嗒吧嗒地抽起来，说："一天到晚除了玩没别的事儿了，上课玩手机，下课去网吧，天天如此，浪费我的时间。"

我笑了笑，说："你打算下一步做什么了吗？"

忠回低下头，叹了一口气，说："我也不知道呢。"

呼啸而过的列车碾过我们的影子，肆虐的狂风一下子把萦绕在忠回身边的烟雾吹得老远老远。西边的天空开始泛起金黄的海浪，似乎一下子间就湮没了半边天空。

镜头再转到那片土岗时，只留下一支吸了一半的烟孤独地吐着烟丝。

又过了半年，我的高二生涯即将结束。一个平凡的晚上，忠回让我出去玩，我拿上球跑到球场等他，两个人稍微热了热身，他突然提议去铁路上走走。我心里想，都这么晚了，万一一辆火车经过，小命不保。

但我还是同意了。

土岗上的风吹得衣服呼呼作响，村庄闭上了眼睛，安静地在我们眼前熟睡。我和忠回一路沿着铁轨，向远方的灯塔走去。

"我要去当兵了。"忠回面无表情地说。

我的心突然震了一下，仿佛全身的毛孔都打开了，细胞与疾风共舞，血液如江流汹涌。我想说"你不适合当兵"，但话到嘴边，却成了"去多久"。

忠回长舒一口气，说："我本以为你会反对呢。去两年，或许更久。"

我似乎苦笑一声，说："锻炼一下也未尝不可。什么时候走？"

他依旧面无表情："再有两个月吧。"

我说不出话，只好拍了拍他的肩膀。

我们坐下来，靠在铁轨边，信手拾起了身边的石子，去砸土岗下的石碑，月光倾泻在大地上，渲染了冰凉诡异的气氛，忠回的手机又响起了 Owl City 的音乐。

"默生，我真他妈后悔。"

"后悔什么？没有好好学习吗？"

"不是。"

"那是什么？"

他站起身，拍拍拍拍自己的裤子。我也站起来，陪他一起又沿着铁轨往回走。

忠回挠挠头，不自然地笑起来，说"后悔没和你们去念高中啊。唉，后悔又有什么用呢。"叹息和往事一起，瞬间跨越了几光年的距离，重重地跌在两年前那个少年身边，却紧紧掐住了现在的忠回的喉咙，让他沉溺于回忆，挣扎于窒息。月光落满冰冷的铁轨，泪水滴落得悄无声息，朴素的白色描摹了一幅极为珍贵的画面———个曾经无知的少年落下成熟的泪水。

我问忠回："还记得我们喜欢的第一支 NBA 球队吗？"

他不假思索："凯尔特人？"

我点点头，微笑着说："它的队训是'努力和后悔，哪一个更痛苦'。"

忠回沉默良久，终于仰天大笑。

数月以后，他踏上了远去的列车。在分别的前夕，他曾把一杯满满的白酒一饮而尽，然后在我们的视线中踉跄地走出饭馆。在车站送行的人，除了父母，别无他人。

忠回引用梁实秋的话说：我走的时候，你们不要送我，但我来的时候，无论多大风多大雨，你们也要来接我。

理想很美好，现实很残酷。那么，你要比现实更残酷，才可能打败现实。

后记

人的一生要遇到多少人，我确实不知道，但无论多少，都一定属于这九型之一。当然，我还要特别说明一下，在此文中所涉及的人物都只是我对于各类人格描述断章取义后所进行的描写。人格划分的标准有很多，我的连野史也算不上，所以，如果你感兴趣的话，不妨咨询一下权威，也许对于认识你自己还会有重大帮助呢。

退一万步，如果你真的解开了自己的"斯芬克斯之谜"，或者完成了德尔菲神庙前石碑上所镌刻的严峻课题，可别忘了，这其中，还有我的功劳。

往事如铁骑，时不时侵扰你内心那片安详的净土，让你不安，让你恐慌。一队不存在的人马，却总能打败实在的人。也有些时候，你该做的不是去迎战，而是选择逃离。与伤心的往事做一次郑重的道别，才可能会遇见前方的美景。

曾经约定好的不散场的青春筵席，到头来，也落得个曲终人散；曾经形影不离的挚友也风流云散，天各一边。或许经过一番颠沛流离，才记起该和对方说点什么，但等到再相聚时，多年离散也只是换来了餐桌前的相顾无言。

孩子一天天长大，身边的少年却一个个远走。不知不觉，原本自以为单纯的交际圈变得尔虞我诈，所谓的天长地久也渐渐变得一文不值。所以，那些在我们除了真心而其他一无所有时的桥段和角色，才显得弥足珍贵。很多时候，我不知道自己该怎么去祭奠，在提笔写这本书前，我也未曾想过自己会以这种方式纪念。可惜，心海浩瀚，过往如烟，我的拙笔写不出万分之一二，恰若真的有万分之一二，我也心满意足了。

我为回忆做着弥撒，却又是回忆的朝圣者。

往事有时会为你前进的动力，有时却会成为你前进的羁绊。你要做的应该是让自己更成熟，而非守着回不去的回去。

从踉踉跄跄到健步如飞，要克服无数次跌到；从年少轻狂到沉稳老练，更要历经无数磨难，所以，收拾行装，赶紧出发，动身要趁早，成功要趁好，赶路要趁跑，感伤要趁少。

九型人格，你会觉得自己属于哪一型呢？那么，你又会不会喜欢自己的故事呢？

第三站，陪伴

你是我引以为傲的注脚，
我是你不愿提及的句号；
你是我毕生的牵挂，
我是你忘却的年华。
那么，
花开花落是你微笑的句号，
花落花开是你启齿的注脚。

闺密

如果有一所房子,我希望陪我入住的人,是你;
如果有一场旅行,我希望同我远足的人,是你;
如果有一场盛宴,我希望与我出席的人,是你;
即便前方满是荆棘,我希望跟我涉足的人,依然是你

一

机场,万芳和钰杰哭着抱在一起。

在她俩手里,各有一张机票。一个目的地是广州,一个目的地是哈尔滨。两个相同的行李箱整齐地靠在一起,里面装着她们各自的大学毕业证书。抱了一会儿,两个人默契地放开。

万芳抹了抹眼泪,勉强地笑起来:"希望你找不到我的替代品。"

钰杰依旧眼泪汪汪,点了点头。

万芳拍拍钰杰的肩膀,拉上自己的行李箱,转过头,迈开了沉重的步子。钰杰也强装镇定,拉上箱子朝相反的方向走。

机场大厅，两个人，穿着相同的衣服，拉着相同的箱子，流着相同的眼泪，走向不同的方向。

背影与背影问候，微笑和眼泪倾诉，千万别再回头，否则还要挽留。

来到一个陌生的城市，新鲜感占据了内心，钰杰想想自己满满的行程，看着万芳的照片，叹了口气。她翻出自己的毕业证书，放到桌子上，一张字条从里面滑落，而钰杰却没有注意到。纸条不偏不倚地停在钰杰刚刚打开的抽屉里，停在堆叠的衣服上。钰杰推上抽屉，仍没注意到那张字条。

那天晚上，钰杰躺床上，看着天花板发呆。也许是因为没有找到万芳偷偷给她留下的惊喜，她很失落。不知不觉，她哭了起来，哭着哭着，就睡着了。

第二天一早，钰杰拉开抽屉，发现上面的字条，她疑惑地捡起来，熟悉的字迹映入眼帘：

如果有一所房子，我希望陪我入住的人，是你；
如果有一场旅行，我希望同我远足的人，是你；
如果有一场盛宴，我希望与我出席的人，是你；
即便前方满是荆棘，我希望跟我涉足的人，依然是你。

钰杰遽然而笑，把纸条扔向空中，在屋里疯狂地大叫："亲爱的，是你来了吗？"她跑来跑去，翻来翻去，也没有发现万芳的影子，最后她瘫在床上，望着窗外的哈尔滨，一个人黯然神伤。

她想起自己偷偷夹在万芳毕业证书里的那张字条：

你要去天南，我就去地北，如果一定要分离，那就相隔最遥远的距离。等我们再次相遇，连接两个磁极，心与心相互感应，全球的夜空绚烂着极光，人们为我们鼓掌，我们不会老去，不再分离。

钰杰的眼睛湿润了，她拨上万芳的号码，却是忙音。夏日里，哈尔滨的天空也闪耀着宝石的光芒，燥热的空气裹携着这座城市，巨大的阴影挡得住太阳的追捕，却免不了热气的缠绕。所有者无处可逃，如同钰杰的眼泪，逃不出回忆的圈套。

钰杰失落地穿好衣服，摔门走了。房间里乱糟糟的，好像被洗劫了一样。钰杰像丢了魂一样走在街上。她没有化妆，也没有涂防晒霜，骄阳炙烤着大地，而钰杰毫不在意，一步一步，忧郁地走过阳光与阴影。

路上行驶的汽车差点儿撞到她，司机探出头来大喊，她也如同没听见一样。

她想起那年她和万芳开过的玩笑：

"万芳，等你结婚，我去给做伴娘好不好？"钰杰坐在桌子上旁，双手托着头，对在给男友发短信的万芳说。

万芳甜蜜地一笑，停顿了一会儿，说："不行……"

"为什么？"钰杰激动起来。

"你看你，我还没说完呢，急什么。到时候咱俩一起结婚，不好吗?"万芳幸福地说。

钰杰也笑起来,点了点头。

如今的钰杰行走在拥挤的路上,而身边那个熟悉的身影却在远方。泪水在她眼里打转,钰杰忍住了,没有流泪。

我翻烂你的字典,也没有找到思念。原来,所以都是我一厢情愿,结尾还是要两不相干。

二

又是一个清晨,钰杰被清脆的敲门声惊醒。她迷迷糊糊地拉开门,还没等睁眼看看是谁,就被一个突如其来的拥抱紧紧地禁锢住。呆了几秒,钰杰高兴地叫起来。

闺蜜两个说说笑笑,直到万芳注意到她凌乱的屋子。

"我不去广州了,咱俩回山东吧。"万芳说。

"那你男友呢?"

"他也去山东,咱俩再也不分开了。"说着,万芳眼角泛起泪光,"我已经失去过一次了,不能再失去了。"

第二天,三个人大包小包地回了山东老家。

山东,三个人冒着淅沥的小雨,到一家餐馆吃饭。大堂内人不多,灯光有些昏暗,三个人坐在落地窗前,静静地享受着安静的时光。

外面小雨淅淅沥沥,模糊了窗外的美景。三个人透过满是雨滴的玻璃，看着路口红绿灯的变换。

吃过饭，万芳男友低着头，静静地说："万芳，我把你送到家了，可我还要回广州，分手吧，是我不好。"

刹那间，万芳和钰杰的眼里同时闪过一丝痛苦，但却定格在钰杰的脸上。屋内是久久的静寂，只听到窗外杂乱的雨声。钰杰低下头，咬着嘴唇，双脸涨红。她挣扎了许久，才从回忆中爬上来，她带着哭腔，说了"对不起"，连包也没拿，就起身准备跑出去，但被万芳一把拽住了。

"那就分手吧，我还要谢谢你送我回家呢。"万芳苦笑着对前男友说。话毕，就拽着钰杰出了餐馆。

前男友望着雨里的背影，眼角湿润，他长舒一口气，从上衣口袋里取出那张在回山东之前就买好的机票，看了一眼，又放回去，皱着眉头，大步而去。

在雨中奔跑的两个女孩，早被雨水浇湿了全身。钰杰挣开万芳的手，喊道："你别这样，你快回去找他吧。"

万芳呆呆地站在原地，静静地说："我已经失去过一次了，不能再失去了。"说罢，拉着钰杰的手继续向远方走去。钰杰一把将万芳揽入怀中，两个人在雨中拥抱。万芳哭着安慰钰杰："他本来就小气，连来山东都不愿意，三年也够了，大不了再找一个。闺蜜不能说丢就丢，别忘了咱俩还得一块结婚。"

雨水打在脸上，两个人的眼睛都睁不开，泪水与雨滴混为一团，幸福与粉饰早已分不清楚。雨水勾勒出她俩的轮廓，她俩和儿时一样，手牵着手，走向远方。

未知的将来才叫未来,要足够坚决才能牢牢把握当初希望的答案。幸运有时会迷失方向,不要期待成事在天,因为自己才是自己的主宰。

后记

我们熟悉同一首骊歌,却不曾为彼此而唱过;我们路过同一个岔口,却不曾因彼此而错过。

前方的路途一定无比美好,花香馥郁,风和日丽,黑夜不漫长,白昼不炽热,幸福不遥远,路途不坎坷。平坦的公路延伸到远方,红地毯铺到美景深处。我会一路欢笑,一路放歌,你我定居每一个地方,俯身轻嗅每一抹芬芳。因为,有你的地方就是家乡。

其实,别离后的坚持,才称得上挽留,动荡里的陪伴,才算得上真情。我们要一路过关斩将,历经兵荒马乱,才逃得出命运的安排,书写自己的剧本。

我是你的闺蜜,你是我的天使。求你别再去地北,否则我还要去追。

谨以此文,纪念万芳。

第三站，陪伴 |

被遗忘的故事

你是我引以为傲的注脚，
我是你不愿提及的逗号，
你是我毕生的记挂，
我是你忘却的年华。
流传的故事，你没有理会；久违的结局，你没有奉陪。

一

公交车上，子升的头靠着窗户玻璃，呆呆地望着窗外繁华的街头。夕阳打亮每一个人的微笑，而他无限失落。莉三坐在他旁边，明亮的双眸仿佛可以由此洞穿她的内心世界。

子升幽幽地说道："我知道了，是我的错，对不起。"他慢慢闭上了眼睛。

公交车路过无数个站点，也不曾停歇。子升已悄然入梦，泪拆两行。车缓缓停下——莉三到站了——他和她一起路过那么多站点，可最后还是她先到站了。

| 淡抹韶华依稀醉

　　莉三轻轻在子升的额头上留下一记浅吻，生怕把他惊醒。然后一个华丽的转身，伴随着一滴圆润的泪珠悄然无声地坠落，摔得粉碎，就像青春里的爱情，经得住真心的历练，却经不住转身的瞬间。

　　车厢里空空荡荡，车厢外熙熙攘攘，莉三站在车门边，泪水已经打湿了她的衣襟。车门打开，她犹豫了一下，却还是坚定地迈开了步伐。

　　车晃晃悠悠地启动，摇醒了唯一的乘客。车内的吊扶手整齐划一地摆动，只有门边的一个继续着自己的节奏。子升揉揉惺忪的睡眼，望着它，心想：

　　那上面，应该还有她的体温吧。

　　他又看到那个熟悉的背影，可这次他却没有再去追，任凭他在人群中华丽地远去，渐渐变得陌生，然后消失在夜色的人海里，被眼前的街景取代。

　　后来，子升开始整小时发呆，总是从微笑里开始，在泪水中结束。

　　子升被甩了。

　　他终于被甩了。

　　十年了，从年少到成熟了；走过了，幸福了；错过了，失落了。

　　子升和莉三从小青梅竹马，小学的时候，他们总是一起牵着手去学校。家里人都感觉是小孩子，不懂什么爱情，可后来，他们一直牵着手，转眼来到了大学，他们还是牵着手。那么，一种叫爱情的种子,是从小就开始萌发的。

十年前,他们在同一所小学,去了同一所初中。后来,他们考上了同一所高中。再后来,他们报了同一所大学。

我们都在说他们有缘,终会成为眷属,后来我们知道,所谓的有缘分只是事在人为,所谓的终成眷属其实是不再联系。

二

在大学里到底发生了什么,我确实不知道。但是当子升红着眼圈请我们吃饭时,我已经猜得差不多了。

故事流传着好几个版本,但是子升懒得去告诉我们哪个是真,哪个是假。我想,他应该忙着去调整自己的心情。

这多个故事中可信度最高的版本,是这样的:

话说子升陪着莉三一路走来,付出了太多。他为了莉三可以完成梦想,又顾及莉三讨厌异地恋,所以放弃了去高等学府深造的机会,陪着莉三去了二流大学。在大学里,莉三争取了学校唯一一个去国外深造的名额,但是这很大程度上归功于子升在暗地里的努力。莉三在去国外前一天,告诉子升,说她希望他可以陪她去国外,但是子升拒绝了,两个人哭得像小孩子。

莉三回国时,子升去机场接她。两个人在回家的公交上,说说笑笑。突然到了一个沉默,莉三红了双眼,她告诉子升自己有了新欢。子升悄悄地黯然神伤,于是有了开篇的一幕。

骄傲黯然神伤,微笑裏挟忧伤,少年满目苍茫,爱人天各一方，健步如飞是场美梦，醒来还是跟跟跄跄。

莉三走了，子升的眼眶热了。

三

林建婚礼的酒席上，子升一如既往地烂醉。不清醒间，流露着他对莉三的想念。他知道莉三分手了，但是他没有去找她。

子升念完了大学，就把家里的茶楼卖了，自己来到镇上，开起了工厂。我本人也曾经冒充员工，在他的公司打杂。子升在我们的注视下，一步步成长，一步步成熟。可是他心里，始终住着莉三。

故事平平淡淡地进行了两年多，没有风雨，没有巨浪，有的只是些许小小的插曲，让一路美满。终于来到了一个津梁，在这里，船只驶向未知的海洋，世界聆听他们的对白。

这天早晨，莉三起得很早。洗漱，吃早饭，打扮……一切按部就班地完成就风风火火出了家门，把妈妈"你这孩子……"的唠叨锁在身后。

朝阳初现，坐在公交车上，莉三被几缕晨光装扮得美丽动人。

马上她就要参加最后一轮面试了，一旦成功，便能得到她梦寐以求的工作了。而且总经理亲自面试，是留下好印象的绝佳机会。

莉三打开手机，熟练地进入QQ界面，点开了与子升的对话框。聊天记录的最新一句，是子升发来的——我会等你。

时间显示是三年之前。

三年来，子升的头像再也没亮过，好像后面的主人，早已被时间遗忘；动态也没有更新过，个性签名还是那句"我会等你"。而莉三每次都会再把动态看一遍，把聊天记录温习一遍，有时温暖，有时心酸，好像永远也不腻。

她忽然记起分别那天，子升对她说的话——我会祝福你，希望你追到自己的梦想。这时，她眼角湿润，嘴角微微上扬，翻开了通讯录，找到了多年未拨的电话号码，随后把手机抱在怀里，下定决心，面试成功就给子升打电话。

但是，这个号码的那头，还是当年的少年吗？莉三无法确定，但她还是决定试一试。

莉三最后一个出试，敞亮的屋子里，只有三位考官。她看到其中两位眉头紧锁，好不自在，心里暗忖前面几位姐妹表现欠佳。她深吸了一口气，准备开始面试。转眼看到坐在中间的经理：年纪轻轻，有种莫名其妙的熟悉感。安安静静地低头玩手机，虽然看不到脸庞，却浑身散发着骄傲的气质。

面试开始，莉三妙语连珠，表现非凡，解开了两位考官的愁结。可其间，经理始终没有抬头，这让莉三心里没底。但这并不妨碍面试结束后，那两位考官拍案叫绝、心花怒放，毫无保留地夸赞莉三的智慧。而后，他们与经理耳语一番，只见经理一点头，两位就欢笑着走出了办公室。

那么，橄榄枝的归属已成定局，莉三已经迫不及待地拨通了子升的电话。

一秒，两秒，她等待着。

"喂？"电话里传来熟悉的声音，与办公室里经理的声音重叠在一起，一起跨越了两个人完整的青春。

莉三惊愕地回头望去，曾经最熟悉的眼神与自己的眼神相撞——两人默默对视了一眼，子升缓缓起身，走到莉三跟前，向莉三伸出手，嘴角露出些许笑意："三年没换手机号，只为等你一个电话，我以为永远也等不到了。无论怎样，欢迎你来到我们公司！"

莉三还在回忆中沉沦，张着嘴巴，瞪着眼睛。良久，子升抽回了手，无奈地耸耸肩，转身离去。

"骄傲黯然神伤，微笑裹挟忧伤，少年满目苍茫，爱人天各一方，健步如飞是场美梦，醒来还是踉踉跄跄。"

这是子升三年前的句子，莉三望着子升渐渐黯淡的背影，想起了那年那天，他们一起路过的站点。

"子升！"莉三终于晃过神来，带着哭腔喊道，"三年了，我在等你，你还在等我吗？"

子升停下脚步，却没有回头。"也许在等，也或许没有。但答案是什么已经没有意义了，如果故事已经结束，那么，遗忘便是幸福。"

莉三低下头，泪水模糊了她的视线，当她再次抬起头时，子升早已不见了踪影。

于是爱人还在翻山越岭，可山水的尽头，早已没有了等待。

后记

后来，子升辞掉了经理的职位，开始在地球的表面飞来飞去，一年下来，用掉了 126 张飞机票，足迹遍布了世界上大大小小的 100 多个国家。而留在公司的莉三，开始还是兢兢业业，在子升走后的两周内还坐上了他的位子。而一个月后，她也收拾好行李，放弃了工作，去天空寻找子升留下的痕迹。

后来，谣言四起，说经理的位子有诅咒，谁坐谁就丢掉工作。于是所谓的新经理一直没有出现。也有的人说，是莉三看到了子升留下的信，便毅然去追寻。

至于信的内容，谁也不得而知。

再后来，子升和陪着他周游世界的林珂在家乡的小饭馆内完婚，婚礼上都是他们家人和最好的朋友，有我，却没有莉三。

快散席时，子升已经有了醉意。人们纷纷离去，留下祝福。可在我看来，却像是诀别。

杂乱的大厅只剩下我和子升。他借着醉意问我："默生，说实话，你相信爱情吗？"烟酒、剩菜熏得我难受，不知道该说什么，沉默良久，才反问道："你相信吗？"

他趴在桌子上，蠕动着身子，"相信啊，你看，虽然我结婚了，但我还是爱莉三，永远爱，所以我只相信和莉三之间的感情。"

"那为什么最后不是她？她现在那么努力追你，你也曾经为她等了三年……"

"打住！"说着，还打了一个饱嗝，"我也不知道，就是感觉很痛快。"

我还在犯迷糊，他又开口道："默生，后天我就要和林珂去比利时定居了，你保重。"说到这，我才明白为什么客人们的祝福像是诀别。他起身离去，却忽然停住："帮我给莉三带句话，就说我希望她幸福。"

我已经不知道该说什么好了，最后还是挤出一句："你也多保重。"

子升大笑而去，身影消失在拐角后，笑声变成了歇斯底里的发泄。

在机场送子升和林珂，我忍不住问子升："你觉得这样对得起林珂吗？"

林珂戴着有脸一半大的墨镜，笑了笑："没事，我会等他来。"

子升也笑笑，轻轻地吻了一下林珂。

送走了他们，我一个转身，看到人群中莉三孤独的身影。她双眼通红，牙齿使劲咬着下嘴唇。

我走过去。

"我永远也追不到他吗？"

"他让我给你带句话，他祝你幸福。"

她用力挤出一丝甜甜的微笑，"谢谢。"

万里江山，你的运筹帷幄；一纸思念，我的四面楚歌。

故事里，主人公换了伴侣，岔路口换了路标，有浸在泪水里的微笑，也有溺在想念里的幸福。于是在这个被遗忘的故事里，一切的爱恨情仇，都成了最后坚强的理由。

故事已经结束了，那，遗忘便是幸福。

多年与安暖

我并不在乎,你会多么冰冷,开始许下了山盟,留给后世的只能是背影;我并不在乎,你会多么神秘,后来握紧了双手,留给后世的只能是传奇;我并不在乎,你会多么狠心,还好抱住了影子,留给后世的只能是笑意;我并不在乎,你会怎么逃避,最后选择了爱情,留给后世的只能是英雄。

这是两个暖心的故事,它们的结局都是美好的。但是它们都是真实的,不是我臆造的。我相信类似的故事,也一定有在你们的身边发生,那么,请你记住,爱情可以相信,传奇并不神秘。就像海市蜃楼,有时遥不可及,但素材是实体的。

一

《变形金刚 IV》里,擎天柱说过一句话:传奇这东西,是一直存在的。

老吴对此深信不疑。因为他是唯爱主义者,也一直延续着爱情里的传奇。

老吴在2013年完婚。很可惜，我并没有出席，错过了一段爱情的见证。最后只是在结婚录像前抒发自己无尽的惋惜。

新娘安然是当地人，两个人也不知道是从几岁认识的了。在他们的回忆里，应该从懂事开始，就已经在书写这段爱情的传奇。

翻开过往的日历，旧时的照片已然泛黄。那时，汪峰还没有剪去他的长发；那时，周杰伦的麻雀还在电线杆上多嘴；那时，老吴还叫小吴。

小吴和安然青梅竹马，在双方的父母看来，两个人的特殊友谊早已经有了向未来延伸并发生质变的趋势。后来，不知是老人眼光的独到还是命中注定，反正他们真的结成了夫妻。这一晃近20年的故事，其中最令人赞叹的，莫过于，在他们最年少轻狂的时代，熬过了时间和空间的折磨。

话说这天阳光明媚，八年级的小吴站在班主任办公室的门口，他的眼神是多么无助——因为每天都会和一位女同学在一起，被通报批评。爸爸被请到学校，与小吴一起接受班主任的思想教育。

门呻吟了一声，开了。爸爸走出来，扬手给小吴一个响亮的耳光，挥袖而去。小吴站在原地若有所失。他沉默半晌，然后攥起拳头，坚定地向教室走去。

过了不久，小吴去了广州专修美术，留下了安然一个人孤独地承受爱情的惩罚。

天南地北，春去秋来，四年的异地恋结束了，两个人在机场紧紧相拥，怀抱着彼此的所有，怀抱着爱情的果实。

到了谈婚论嫁的年龄，两个人都不着急，像小孩子一样手牵着手，沿着小吴当年去广州的足迹，一路走到彩云之南。小吴说，这是为了弥补这四年来给安然带来的伤害。

安然笑着说："一次旅行就想讨好我啊，想得美，再陪本小姐50年，我再考虑原谅你。"

我没有去过云南，但也不是多么向往。两个人在云南缠绵了好些日子，才带回来我们当地好几个朋友日思夜想的特产。十几人迅速瓜分了战利品，我在一旁拿起了他们的留影，照片上山清水秀，安然坐在古老的竹筏上，在湖面上划出一道道涟漪，如同拨动了镜头后面幸福的小吴的心弦。

有一张照片，山水间的太阳还没有升起，水面静得如同定格在游人心上的剪影。群山周围还有朦胧的薄雾，宛若天使落入凡尘的翅膀。主人公安然微笑的侧脸，恰如其分地镶嵌在如画的风景里。在照片背面，是我曾经写的一段话：

有你的地方天很蓝，因为你是天使，降落在我的世界。
有你的地方水很清，因为你乘扁舟，划进我的梦境。
有你的地方风很柔，因为你是幸福，扬起我的嘴角。
有你地方，人们不会老去，山清水秀，鸟语花香。

我笑着在这句话的后面，写下了一个名字。后来，老吴问我，是不是留下了他的名字。我笑笑，没有回答。他一定看不出来，但一定知道。因为我写的是：

天使的微笑。

二

但是，在两个人结婚之前，也曾经有过一段小小的插曲。这一出，唱得是轰轰烈烈，惊心动魄。

话说两个人从云南回来之后，一直延续着情侣之间甜蜜的小日子。直到有一天，小吴打电话告诉我，他们分手了。他很平静，说自己在网吧上网，要我和他一起在游戏上找点快感。我放下电话，刚准备出门，但马上悬崖勒马，给他老爸打了个电话。

不一会儿，小吴爸揪着22岁小吴的耳朵，一路从网吧甩到大街上，熟练地给了小吴一记响亮的耳光，一下子把小吴打懵了。我在暗处偷看，心想：这算不算家暴？小吴能如此健康地成长起来，真的算是奇迹啊！

随即我听到小吴爸的训斥："你个不肖子，老子好不容易看上的儿媳妇，你给我搞丢了，耽误了人家安然不说，分手了跑来上网，你也算个男人。大街上的一元两元超市都知道说'走过路过，千万不要错过'，你个混账，去给我把儿媳妇追回来……"

小吴望望天边的云霞，夕阳染红了他的脸颊，一颗黯然的星星在光年外泛着自己的光，夜幕拉下帷幕，覆盖行人的孤独。

小吴直起腰,正了正领子,跳到路沿石上挥手叫了一辆出租车,向安然的家奔去。

小吴爸欣慰地笑了,他也许想起了当年的自己,如同小吴一样,年少轻狂,却曾拥有生命里不该缺少的角色。

从那以后,小吴成了老吴。

我站在原地,拨通了十几个电话,说的意思大同小异,让大家赶紧到安然家看真人版的偶像剧。一传十,十传几十,几十号人踏着夕阳,蜂拥到安然的楼下。有的甚至还做了标语,或者拿着南非世界杯时风靡全球的喇叭。

老吴早已在楼下站着了,手捧一束艳丽的玫瑰,抬头仰望着安然卧室的窗户。可那里被厚厚的窗帘遮住,也遮住了老吴的光明。但是在我看来,情况却不是这样的:我依稀看到在窗帘的夹缝中藏着安然的微笑。

我们一行几十人自觉地以老吴为中心,围成一个半圆,高声叫喊了半个小时,被小区的保安警告后,便安静地陪着老吴站岗。

可惜这个情节不像电影里那样,有一场检验真爱的瓢泼大雨,所以,这段插曲的最后,也不像电影里那么完美。

众人中有几位兄台抱怨太冷,回家钻进被窝里"追梦";又有些兄台出门时忘记吃饭,站了两个多小时,早已是饥肠辘辘;几个女生抱怨时间过得太快,早早地奔回家去敷我难以理解的面膜……老吴坚定地在站在那,孤零零一个人守着安然的窗户,我们一群残兵在不远处开始聊天、玩手机。

也不知过了多久,听到"扑通"一声,沉闷的如同夏雨来临前的雷声。众人循声望去,只见老吴倒在地上,如烂醉的乞丐,孤单而又可怜。

一行人鬼哭狼嚎地跑过去,用手拍老吴的脸。他还有些意识,但是身体已经不听话了。也难怪,中午晚上都没吃饭,又站了三个多小时,不晕才怪呢。

约莫有几十来秒,安然飞奔而下,撞开人群,一把搂住了老吴,把一块巧克力塞进他嘴里。

众人皆喟叹:"结局不应该是这样的啊!"

老吴在安然怀里笑了,众人见状,各自打道回府。两个人在星空下安静地依偎着,但可惜男女主角的位置安排错了。

经过这场风波,两个人又回归了正常生活。不仅如此,订婚、结婚、度蜜月,也终于是水到渠成,一气呵成。一张张恩爱的照片传出,果真羡煞他人。

三

在婚礼上,老吴爸没有了平日的严肃,在新人完成大婚后,借着自己的酒意,抒发自己的感慨。

"当年,小吴因为早恋,被老师通报的时候,我其实是不责怪他的。但我还是煽了他一个耳光。年轻人,好冲动,不理性,我都理解。其实吧,小吴和安然的事,我们老俩儿早都看好了,之所以打他,是因为他年纪那么小,什么都还不懂,就去耽误安然,我能不生气吗?最不能容忍的是,分了手,这混账跑去上网。不挨打,真的对不起人家安然啊。现在俩人结婚了,好事,我和老伴儿盼了二十多年了。小吴我跟你说,虽然你是我儿子,但是,如果安然受了委屈,我第一个饶不了你!"

一段慷慨激昂的演说完毕,台下掌声雷动。小吴和安然都在旁边偷偷地抹着眼泪。

小吴爸接着说:"亲家,你要不要说这小子两句?"

安然爸挥挥手,笑着说:"你把我想说的都说了,我还能说啥?"

台下又是欢乐的掌声。

有人问老吴和安然,为什么他们的感情可以维持那么久。老吴腼腆一笑:"我和安然说过,我心里没有她,她心里没有我,我们就能走得更远。"

没有人明白这其中的道理。

后来还是安然一语道出了玄机:

人心是把标尺,偏偏刻度是自己,能丈量的东西都没了价值。

在两个人的回忆录中,有这么一个故事,感动了我们身边的好多人。

故事发生在婚后不久。那时一个普通的午夜,皎月孤独地占领着天空。老吴拖着疲惫的身子,悄悄地打开门,月光倾泻在客厅的地板上,老吴蹑手蹑脚回到卧室,溜进安然早早给他整理好的被窝。他没有惊醒熟睡的安然。

老吴有六天没睡一个好觉了,疲惫为睡意敞开了捷径。原本安静的时空也因为老吴的疲惫而鼾声四起,响声震天。

恍惚中,安然推醒了老吴,嗔道:"怎么打鼾啊。"

老吴在迷离状态下含糊地回答:"嗯?是吗?"

睡眠受到了打扰,安然难过地把头埋进了被子里。老吴揉揉惺忪的睡眼,倒在床上望着天花板沉默了良久,便悄悄翻身下床去了客厅。月光还在装饰着午夜,只是暗影稍微移动了位置,老吴轻叹一声,但重拾微笑,一头扎在沙发上,不一会儿就入眠。

月光若泼湿你的忧伤,那要用力微笑才不会彷徨。

第二天早上,安然披散着头发憔悴地走出卧室,看到瘫倒在沙发上的老吴,不经意间回想起昨夜的情景,泪水夺眶而出。她抹了抹泪水,用尽全身力气抱起老吴,把他放在床上,一系列动作完成,老吴只是在床上翻了一个身,嘴吧唧吧唧的,却没有醒来。

安然哭笑不得,用枕巾轻轻抽了老吴一下,老吴如烂醉一样,一动不动。安然的泪水又开始骚动,她给老吴盖好被子,就悄悄溜出了卧室。她未等洗漱,就系上围裙,给老吴准备喜欢的早餐。

老吴起床后,站在厨房的门边问:"昨晚我一直睡在卧室吗?"

安然背对着他笑开了花,沉默半天才说:"你以为呢?"

老吴拍拍自己的额头,又问:"昨晚我是不是打鼾了?"

安然撒娇道:"是啊,烦死我了。"

突然一双手从背后伸来,抱住了安然。

"对不起。"

安然笑着笑着就哭了,泪水落在老吴的手上。

人是自私的,一个人感动了一个人,让自私沉睡千年,就有了爱情。没有谁和谁是命中注定的般配,事在人为罢了。

我希望是你,陪我饱览世间的美景;我希望是你,陪我翻阅昨日的剪影;我希望是你,陪我倾听幸福的奏鸣;我希望是你,陪我续写华美的传奇。老吴希望是安然,安然希望是老吴,于是两人还在偕手共进,走向白头。

四

2014年的夏天,我感到莫名地心烦意乱。忧伤从四面八方而来,在这个闷热的季节里,散落在空气里的每一个角落,让我窒息。我对所有事物的兴趣都丢失了,却没有感到彷惶,一发呆就是一上午,打开电脑,看着屏幕出神,直到待机,也记不起该做些什么。

我觉得自己得了绝症,决定四处去投医问药,但最后都忘了去具体实施。

后来,我坐大巴去了二哥的城市,"病情"又莫名其妙地好转,我也不知为什么,但我记得在那里网罗了又一个暖心的故事。

想象中,主角登场,总要先铺陈渲染,用文采飞扬的文字肆意挥洒才华,举办一场豪华的仪式。但我思前想后,也找不出用哪些华美的词藻去虚构这个故事的开场。

八个小时的车程缓解了我的压力，飞驰而过的流景也不知不觉磨去了我忧伤的棱角，笑意恰逢其会。夜幕来临，我也刚好抵达二哥给我安排的宴席。故事的男女主角——在这里登场。

二哥在当地有三个要好的朋友，崔哥、赵哥、薛哥。那相对应的女朋友就是崔嫂、赵嫂、薛嫂了。

这里我要讲述的故事，就是崔哥和崔嫂的爱情。但可惜，我并不是他们爱情的见证者，用尽所有脑细胞，我的拙笔也写不出以往的一二。所以，我只摘取了我的见闻，来珍藏这个乱世中轰轰烈烈的佳话。

故事的大部分情节我似乎都淡忘了，但有几个场景是我脑中忘之不去的内存。

一个温和的夜晚，明星没有那么耀眼，天空垂下厚厚的幕布，来来往往的奔驰宝马开着远光灯，刺得行人睁不开眼睛。我和二哥一起，路过无数个街边的烧烤摊，各地域的风情一览无余。

二哥在花店混搭了一捧鲜花，和女朋友偕手赴赵嫂的生日宴会。我尾随其后，做一个不发光的电灯泡，以促进可持续发展。

走到约好的饭店时，朋友们都已就坐了。开场没几分钟，崔哥就要和二哥比酒量，但从他的语气里听得出来，他应该试了很多次，也失败了很多次。皈依佛门的赵哥在一旁捂着嘴偷笑。我以学生的名义，多次拒绝了他们的烟酒，他们对此也表示理解。

杯里的酒满上又空了，男士们都有了些许醉意，开始聊天。

话题最终落到结婚上去。一对对情侣都幸福地笑了。我眼疾手快，端起桌上的饮料一饮而尽，安然度过了刚才不属于我的 2.73 秒。

崔哥最先发话了，他满怀深情，醉眼里洋溢着诚恳："我和对象处了得有六年了，她比我小一届，我高三那年毕业，她跟的我。"

崔嫂在一旁安静地玩着手机，但嘴角却有难以察觉的笑意。崔哥并没有停顿："我以前在学校挺皮的，谈了好几个，后来也没想那么多，这么长时间风风雨雨也走过来了，这就是说嘛，遇到对的人了呢。"

不知谁了问他一句什么时候结婚，崔哥挺直腰，眼睛眯成幸福的一条线："明年就结。"

赵哥冷不丁地来了句："你没听说过七年之痒吗？"

崔哥色眯眯地说："结完婚，出去旅个游，度个蜜月，说不定当年的感觉又回来了呢！"

崔嫂面不改色，手顺势伸到崔哥的腿上，掐起一块肉，看来崔哥并没有喝醉，他感受到了疼痛，以迅雷不及掩耳之势捂住那块被侵略的肉体。崔嫂澹然一笑，说："你给我说清楚，什么叫感觉又回来了？"

语气里带着幸福，那是对爱情的肯定，对忧伤的挑衅。她手上并没用力，那么，恩爱的镜头一闪而过，插曲在笑声里收场，幸福还要一往无前。

所有人无不为两个人单纯的爱情而动容，只有赵哥又在添油加醋："哎，这个好，这个回家得挨骂了。"

众人欢喜去了KTV，又唱又跳，又喝又闹，挥霍着属于他们的时光。我不只一次被拉到前面唱歌，可我确实不知道应该唱什么应景的神曲，只好安静地坐在角落里用拍照这种我并不赞赏的定格美好瞬间的方式来等待破晓的鸡啼。

赵哥给女朋友准备了蛋糕，点上了华丽的蜡烛。浪漫的气氛装点了每一处角落，微笑挂在每个人的脸上，只有赵嫂，一个人感动得七零八落。

崔哥和崔嫂的合唱让我感受到了他们六年的默契，我用100多张照片记录下了许多美丽的镜头，时间并未过去太久，那些照片依然存在于我的手机内。像寄存的包裹，翻山越岭，日夜兼程，终将到达回忆的深处。

崔哥借着酒意偷偷地叮嘱我好好学习，语重心长，却让我感到一丝丝的悲壮。一行人鬼哭狼嚎到凌晨四点，街灯似乎也泛起了睡意。车辆飞驰过宽阔的街道，灯影幢幢，喝醉的男士们跟跟跄跄，崔嫂扶着崔哥，慢慢走上车。

崔哥还在嘟囔："妈的，现在的男男女女结婚还真难啊，又要买车又要买房的，想当年我就一辆破电动车，两个人都挺好的。"说完搂住崔嫂的腰，慢慢走上了幸福的街道。

刹那间，一个少年出现在我脑海里，他高中毕业后，走遍这个城市的每一寸土地，深夜里在酒吧卖唱，烈日下在街角售货。城市里是他忙碌的身影，额头铺满汗水，嘴角却挂着笑意。他很努力地工作，尝试了不同的角色，但最称职的，还是崔嫂身边合格的另一半。

其实，忧伤总会离开的，孤独总会过去的，爱情总会存在的，幸福总要继续的。爱情也许需要见证，但两个人在一起才应该是最重要的。

后记

我总是在纠结要不要用我干瘪的文字记录下这些美丽的爱情，因为害怕它会失去原有的光泽。但我后来还是写下来了，不希望它不朽，只要有人在坚守就好了。

总会有风花雪月的故事，让观众为之动容，总有歇斯底里的歌曲，让听众为之心碎，总会有细水流长的文字，让读者为之喝彩。我的身边也有多年分合两茫茫，不思量，自难忘。那么，在你身边也一定有像这样暖心的故事。静下心来想一想，爱情只有被相信，才会长久。

那么，总会有这么一天，浪漫垂下帷幕，幸福泛起波澜，我会在某一个地方，幸福地对你说：多年的陪伴，有你才安暖。

老朋友

最凄美的爱情,开始一厢情愿,结尾两不相干,凄美到肝肠寸断,回味到来世的摇篮。

一

夜幕笼罩了城市,鳞次栉比的高楼睁开了惺忪的睡眼,广场边的街道上,人头攒动。店家的叫卖声和路人的喧嚣,和着几台古老音响发出的喘息,充实了由白炽灯泡装点的夜市。昏黄的灯光下,不时有几团白气腾空而起,转眼消逝。各个路边摊上散发着诱人的香味,弥漫在空气中,仿佛与黑暗一样远。

在这里,随处可见通红的木炭,随处可闻烤肉的尖叫,这是烧烤摊主们最大的擂台,也是吃货的战场。

我和元夕坐在一个路边摊后面。他的嘴里嚼着发烫的烤肉,还不时地吸一口凉气,地上散落着大大小小数十根竹签,他早已吃得挥汗如雨。我盯着他,也不自觉地皱起眉头。店家又吆喝着捧来十根烤肉,元夕咧开油乎乎的嘴,一只手接过了所有食物。

我可以证明元夕不是吃货,但是那天,他却吃到了凌晨一点。

分别时,我问元夕:"你想好怎么继续生活了吗?"

他摆摆手:"默生,你看啊,人生最悲惨的事情不就外乎赔了夫人又折兵吗,那么多人可以卷土重来,我为什么不可以,相信我,我还会辉煌的!"

那是五年前的场景了。元夕在分别之前说的豪言壮语,一直被我埋在心里,可五年过去了,他从未出现过,甚至也没有了关于他确切的消息。就这样,这个故事被一点一点地刨出来,或许这样就会感觉到那位老朋友,就在身旁形影不离。

二

余晖装饰着这古老的村庄,步履蹒跚的老人慢慢走过石子铺就的道路。没有机动车打破落日前的宁静,一切都那么静谧、安逸,却不显荒凉。

小学的铃声响起,一排排小孩背着书包,脸上挂着笑容,屁颠屁颠地走向校门口。然后在逃离学校后大呼小叫地奔向村委的大院,围着篮球架做着各种不知名的游戏。

元夕却躲在角落里,点燃了一根从爸爸那里偷来的香烟。他只吸了两口就呛得泪涕齐下,把香烟摔在地上,气愤地离开了。

于是从那时开始,我就知道了,吸烟不好,不仅会呛到自己,而且会让自己生气。所以当爸爸吸烟的时候,我都躲得老远,生怕哪一天他会揪起我的衣领,像元夕摔烟那样把我摔在地上。

我和元夕渐渐混熟了,他没有再吸过烟。我教他打球,他教我玩电脑。那个时候,我对他可以破解电脑密码感到吃惊,虽然他教了我多次,可我仍然不会。

后来,我们一起来到镇上的初中,和林建一样,他也是老师眼中的"差生"。九年义务教育,元夕和林建都没有完成。元夕先林建辍学归田,闲时宅在家里钻研电脑技术。等到我中考归来,他已经可以随意控制我的电脑了。

三

元夕令人称道的不是他的技术,而是以他为主角的一段凄美的爱情故事。

他和刘清是在小学认识的,他对刘清的爱慕,只对我一个人倾诉过。而这份情昭告天下却是在元夕退学之后。

在初中,周一到周五是在学校里生活的。封闭式管理下,每个人的愿望就是在放学之前能接到家人送来的饭。

一个夏日的中午,元夕提着外卖,把刘清叫到了校门口。他一头干练的短发,皮肤干净,却渗出晶莹的汗珠。刘清笑着接过外卖,踮起脚尖给元夕擦去了额头上的汗水。正是这个场景,引来了在远处观望的八卦男女的一阵唏嘘。

刘清并没有决定和元夕在一起,她总说自己太小,太幼稚,许诺不了未来。对此，我表示赞同。

后来，无论寒冬还是酷暑，几乎每周都可以看到元夕给刘清送外卖的场景。对于元夕的付出，刘清只是幸福地笑，不说好，也不说不好。

也不知道过了多少个周末，轮回了几番春秋，反正刘清毕业了。

是高中毕业了。

长长短短地算来，也不知道元夕追求了多少年。身边的朋友不仅为元夕的痴情而感慨万千，更为刘清的沉着而佩服得五体投地。他们时常会一起逛街，一起吃饭，一起看电影。最后刘清远走江南求学，留下元夕一个人孤零零地守护着这座城市。他虽想过和她一起远行，但学历与金钱的双重锁链，将他束缚于大城市之外。

再说元夕这里，刘清的离开并没有让他忧伤太久，反而在几天之后似重获新生，只因为刘清那句"一切随缘"，让他又点燃了信心燃烧一次之后残留不多的灰烬。

他开始在那间16岁就买下的十来平方米的信息工作室内，夜以继日地工作。他总是盯着电脑屏幕，一遍又一遍地推演着我看不懂的字母公式。

工作室刚开始营业时，年轻的元夕不谙人情世故，面对朋友和回头客的疯狂砍价束手无策。他曾努力地工作，但只换来了微薄的收入。他早已像一块贫瘠的土地,被地主榨光了精华。但他依然屹立在这条街上,用惊人的意志支撑着工作室的蓝天。

现在他更努力地工作了。

阴暗的小屋内日渐潮湿,雪白的墙壁上,孕育了千万个生命,随处可闻发霉的气味;长长的电线上结上了一层层灰尘,缠绕在一起打成一个永远解不开的死结。他的眼睛开始向内凹陷,颧骨明显突出,嘴唇干裂如同枯涸的河床,长发蓦然垂肩。

他说,只要把这些字母公式堆砌完,就可以站到计算机领域的前沿,成为国家栋梁,那么刘清就会一直在他身边。

故事也曾顺风顺水地进行,但总有些拐角,你是意识不到的。

也许你在想故事最后,他们会喜结连理,终成眷属,其实我也曾这么认为。但爱情不像电影里那样安排有序,结构井然,看到开场就知道了结尾。

我们总会搭乘不同的列车,驶向不同的目的地;我们总会背上不同的行囊,流落不同的他乡;我们总会唱着不同的歌曲,寻找不同的昔日;我们总会流下不同的泪水,沦陷不同的回忆。

半年的光阴,对于元夕来说,如同跨越了千年,他沧桑了许多,再也没有了少年的稚气。他总会等着刘清的电话,因为他不敢打只怕影响她学习。于是那天下午,他等到了一个电话,也等到了一个结局:

"元夕,我有男朋友了,我想我们还是别再联系了,你是好人,你会幸福的"。

元夕笑了。

于是他的工作室终于顺理成章地关门了。

古老的台式电脑上还保留着他努力堆砌的公式,元夕笑着把它砸烂了。

沉沦了一个月,他选择了离开,目的地是北京。我并不知道面对失恋与失业,他的离开是逃避还是面对,但是我只希望,五年前他的选择,是正确的。

四

山峰处云卷云舒,盘山公路如同巨龙盘踞着山包。树林深处,干枯的黄叶厚厚几叠,疲惫的老人晕死公路。历史书上的王朝曾在此安息,沿途也尽是乞丐的荒冢。2014年,我们的同学聚会选择在了这里。

诗人李题了序,大笑而去;老板张埋了单,得意而归……上层人物都在社会上混得风生水起,在聚会上潇洒了一回,而我们这些平凡的人类,草草吃了东西就悻悻而逃了。一行十几人咋咋呼呼来到了刘清家打牌。

她的家并不豪华,偌大的房间只有几件简单的饰品,必备的家具散发着古朴的幽香。未等刘清招呼,几个人早已经摆好了两张牌桌。我则趁乱溜走,躲进了书房。

在刘清的电脑上,有一个显眼的文件夹——元夕。我忍不住点进去,是一张照片,拍的是两年多之前的报纸,上面赫然印着"工地纠纷,工人两死三伤"。我心不由一颤,仿佛坠入了深渊,无尽的黑暗向我袭来,我感觉不能呼吸,似乎永远走不出回忆这座大山。

在图片后面,是一个 Word 格式文档,我也顺手打开,是刘清的日记:

2011 年 6 月 12 日　　　　晴

今天在街上看到元夕了,他变化真大啊,成熟了很多。也许他是来这里打工的吧。

分开那么久了,他还记得我,我也曾经那么在意他,可毕竟是曾经了。感情可以搁置多久?如果现在重来,一切都来不及了吧。

2011 年 6 月 16 日　　　　阴

今天我请元夕来家吃饭了,他还和当年一样,话很少。他没提及当年的事情,可是我哭了。

我不知道自己为什么哭泣,也许是为了刚分手的男友,但比起这个,我更希望是因为元夕给我的感动。

他匆匆离开了,偌大的房间只留下我自己,第一次感觉自己这么孤独,我不知道我还能依赖谁。

2011年6月17日　　　雨

我今天没碰到元夕,特意路过他的工地,也没有发现他的身影。我问了几位工人,他们却说不认识他。难道是他骗我吗?可是这是我亲眼所见啊。

2011年6月18日　　　晴

今天报纸上说,昨天一个工地上死了两个人,我突然止不住泪水,我向公司请了一天假期,在家哭到半夜。

2011年6月25日　　　晴

我把工作辞了,可心情却没多大好转。眼睛哭肿了,我以为泪流干了,也没有。
我买了去欧洲的机票,想出去透透气。

刘清端着一杯热茶走来,摆到我的面前。在我红肿双眼的注视下,她面无表情地说:
"那天以后,我没了他的消息。报纸上说的工地,就是他打工的地方。我不相信他死了,可我还是很伤心。"
我的双眼已经像积满水的海绵,轻轻一碰,就会泪如雨落。我强作镇定,调整呼吸节奏,在嘴角挤出一丝微笑:
"这货命大,死不了。说不定哪天就带着个绝色美女回来了。"

"我也希望如此。"她脸上终于有了表情,可我说不出那是快乐还是忧伤。

她从保险箱里取出一个破旧的帆布袋,我看出来,那是元夕的。

"这是元夕落在我家的,里面是他的日记,他是听说了我分手才去找我的,这傻子,只知道为我付出。这傻子,害得我为他伤心了两年。这傻子,我真想他啊。"刘清叹叹气,泪水不听话地滑落。

她也只能叹叹气了。

日记停步分别那天,故事没有了下文。我总是脑补很多美好的结局,但总是被时间冲刷去相信的激情。

在元夕的日记后面,是刘清的留言:

最后一次翻看你的日记,字里行间都是虚构的美景;
最后一次亲吻你的剪影,眉清目秀的是时间的遗体;
最后一次偷听你的哭泣,歇斯底里的是忧伤的奏鸣;
最后一次回眸你的背影,渐行渐远的是幸福的黎明。

天色渐晚,我们一行向刘清道别。她问我,为什么相爱的人不能在一起。我心里确实有了自己的答案,可我没有说。

我留给刘清一个背影,因为我希望,她永远都不要知道我心中的那个答案。

那么,相遇不能逗留,相爱不能厮守,只是因为世间没有所谓的命中注定,邂逅只是一场美丽的误会。

后记

姐姐在卧室里摇着摇篮,轻声地给孩子讲着白娘子与许仙的故事。孩子瞪着大大的双眸,里面充盈着惊讶与好奇。她不断吮吸自己的手指,姐姐就不时温柔地拨开她的手臂。

我想,最凄美的爱情,开始一厢情愿,结尾两不相干,凄美到肝肠寸断,回味到来世的摇篮。

我总希望会有一天,元夕会突然出现,带着一位绝色的美女,证明这段凄美的故事只是生命里幸福的开始。我有意无意地等了五年多,只等来许多版本的流言蜚语。

有人说,在他穷困潦倒的时候,被传销组织迷惑,之后没了联系。

如果他真的进了传销组织,你又是怎么知道的?谬论!

又有人说,他加入了黑客组织,因为涉嫌犯罪,已经被国家通缉。

如果他真的被通缉,那警察为什么没有来调查过他的家?谣言!

还有很多人说,他已经死了,死了两年多了,因为劳工纠纷。

我沉默了,因为我不知道这是真是假,可我总是相信他会回来。带着一位绝色无双的女朋友,羡煞他人。因为我总是在梦里梦到他,他说他会回来。

如果你还在流浪,就请背好肩上的行囊;如果你已在路上,就请迈开你坚定的步伐;如果你穷困潦倒,就请你想想昔日的朋友；而如果你已经忘记了我，那我只好孤独地难过了。

五年，自己交了太多朋友，杯子斟满了太多酒，疯狂了太多次，也为你忧了太多愁。

我不相信那些流言蜚语，就去读完了《梦的解析》。

思念是我四处张贴的寻人启事，可岁月却告诉我已寻无此人。

就此，我没有再去等那所谓的相信。

这是一场没有结局的故事，因为故事结尾是一位不会老去的老朋友。

[淡抹韶华依稀醉]

百年与孤独

本文改编自连城的日记：

我以为，在一个人的山顶上，喊到声嘶力竭，喊到泪水滂沱，喊到黑夜为我遮住视线，喊到微风为我把眼泪风干，就不会再认为没你的时候会孤单，可是没有。于是，我无奈地坐下，笑自己，笑苍天。

一

舒卷几卷白云，天空才那么明澈；萦绕几声笑语，游人才那么孤寂；充盈几滴泪水，视线才那么精准。于是，想你的时候，天空散落青云，脸上写满笑意，眼角泪滴滑落。那么，生命里一定有一个瞬间，让你甘愿拿余生去交换、定格。哪怕恍然回神，下一秒就是黄土白骨，也满足。

班里人都知道我心里藏着一位女神，他们在问，她也总是问。

可惜她把全班女生都猜遍了,也没有猜自己。

我和她说:我希望在人海中,视线能有一个焦点,哪怕那身影忽隐忽现,哪怕那笑靥遥远无边。

于是后来的某一天,教室门口藏着她的闺蜜,走廊拐角站着抱着巧克力的我,面对幽幽灯光下她静美的脸颊,我终于把反复练习的对白讲给了对的人听。那时,她只是笑,笑得很美。

那年,天好像很蓝,风好像很暖,云好像很懒,而你,好像在我身边。

那年,我们一起许着愿,彼此交换着诺言。我们约定要熬过年少轻狂,烈日下,有我为你遮阳的书,风雨里,有我们一起撑的伞。

可最后,我们还是唱起了骊歌。

我知道我们没有错,错的只是时间,把爱改成爱过。

如果如许嵩所说"离愁别恨是心的溃疡",那么相遇一定是离别的滥觞。出生是死亡的开始,相遇是离别的滥觞,如果可以,我希望自己从未出现过,从天堂到地狱,只路过人间。可就算时光倒流,我也愿重走迷途,因为沿路风景,你给的最美。

二

七夕情人节那天,我一个人走在街头,或许流着泪,因为我看不清周围人们成双成对的甜蜜镜头。

她是在这天和我分手的。我谁也没说。

分手第二天，当我还在梦中与她重逢时，原本悦耳的手机铃声变成了利剑，无情地刺破了梦幻和现实的隔膜——妈妈出车祸了。

飞速赶至医院，还好妈妈并无大碍，处理好一些手续，我在一张空床上立刻进入了沉睡状态。当我醒来时，已经是第二天日出，我沉睡了20来个小时，却没有做一个梦。

也或许我做了，是我不记得了。

妈妈出院那天，也正是我生日那天，我才把一切痛苦分享给了两位好哥们。他们飞速赶到我家时，我正躺在床上忧郁地看着电影，不时被一些细微的镜头煽动脆弱的情绪。

两个人一个玩着手机，一个说："不值得啊，以后……"

"我宁愿你给我讲个笑话，也不想听以后！"我打断他。

他俩无语，用眼神传递了一个信条，我读懂了——过一段时间就好了。我心里想——但愿吧。

傍晚，我拽着他们去唱歌。我点满了悲情的歌，唱得稀里哗啦，他们一边附和，一边看我疯。

意料之外，她闺蜜打电话来说有我的礼物，我很纳闷，但还是神志不清地去了——她送的，两瓶鸡尾酒。我不知当时何来的勇气收下，也不知何来的勇气把它摆在房间里最显眼的位置。回到KTV，我继续自己的路线。

生日那天，人生第一次大醉。但我没开她送的酒，只是摆着。

在我们约好的旅途中，如果你一定要离开，请送我一本《百年孤独》，在扉页上写下我的名字，放进我的背包，这样在旅途中，我就有影相随，有孤独相伴了。

你走之后，我偶尔也会用一二人称继续写我们的故事，只是怀念，而已。我总会写那年，那年，似乎我们曾一起走过了很长的一段路。其实我清楚，说一个四季的轮回都显得苍白无力。但我把我们在一起的时间称作永远，因为你说你会永远和我在一起。我相信你不会骗我。

事实证明，你也没有骗我。

还好，你永远陪着我。

可惜，你只是永远陪着我。

不过，再留恋，也只是过往云烟；再怀念，也只是梦中红颜。如果再给我一次远途旅行，我就一人，只带着自己的影子。这样没有目的地远走，只有旅途。

我会避开喧闹的都市，走向安静的山间，辽阔的原野。背一把吉他，拿一本书。让每一个音符钻进我的每一个毛孔，用一个文字浸润我的每一寸皮肤。

我会换好多好多硬币，每一个都留下自己的指纹和温度，小心地放在口袋，一路走，一路扔。让它们散落在我旅途的不起眼的角落里，混和着泥土，沐浴着阳光，永远不要被别人发现。让它们一点点腐烂，再也别出现。

"拒绝见你，是怕煽了情，原谅我最后一次狠心，"许嵩唱到。

三

中秋节,零点零二分。

终于鼓起勇气给她发短信祝福。她回了:

谢谢,你是谁?

我没回。

因为我谁也不是了。

为什么有人已经云淡风轻,装作早已满不在乎,而我却在苦苦留恋,苦苦挣扎?这时我想起了鲁迅先生的两个字:

活该!

我想,情深似海,却终湮没了我的存在,还是鲁迅先生明智。

我觉得自己既滑稽又可悲。我嘲笑自己的懦弱,又埋怨上天的不公。可是我转念来想,上天对待每个人本来就是不公平的,与其自暴自弃,等待命运的审判,不如奋力一搏,挑战命运的权威。

历史终归是公正的。

又可是,青史留名又有什么用呢?正如安意如在《思无邪》所记:

中国的史书上少见风花雪月舞翩跹,再凄艳的故事,哪怕当事人心花零落血流成河,落到史官笔下也只是淡而硬的字,像留在青铜器上的刻迹,伸手摸上去,僵硬而冰冷。

生活有时不需要轰轰烈烈,无论爱情,还是友情,做自己就好。

有时，想开了却放不下；有时，放下了却又想不开。

朋友说，人就是这么贱。

我点头。

我说，可能爱是守候，不是拥有。

他点头。

我笑了，眼泪却吧嗒吧嗒砸进酒中。等到视线有了焦点，我端起装着啤酒与泪水的酒杯，晃了晃，一饮而尽。

我该爱你。

四

自从她离开后，我爱上了骑单车，不仅因为享受风为我擦干眼泪的感觉，更是因为，我可以感受到一直陪在我身边的影子的存在。

她离开的第三十二个夜晚，我只身一人骑车回家，一路上听着悲情的歌。夜已深，在繁华的十字路口，我慢慢驶向黑暗的街区。我任由灯火一个劲儿地向后窜，我看到自己的影子渐渐拉长，一直延伸到我视线到不了的地方，然后与黑夜混为一团，把我吞噬在星空下。路边的超市都已经打烊，只有零星的几家宾馆外还在闪烁着疲倦而又刺眼的霓虹灯光。我猜，也许这就是孤独。不，应该说我还有影子。

悄悄上楼，小心的连声控灯光都没有惊醒。转过楼梯的瞬间，似乎突然有一个人影闪过。未等我反应，姑姑一句问候如春风细雨，触动了我被记忆尘封的心弦：回来了，饿了吧，来喝点汤吧。思绪又飞回那年，一人在依偎在我怀里，轻轻问我冷不冷。彼时此刻，同样的对白，却相隔了几光年的距离。

我笑着答应，却不知道自己笑得有多狰狞。接过了姑姑手里的热汤，我径直走进了家里，没有回头。

关上门，却没把泪水的闸门关上。我蹲在角落里，任泪水滂沱。是感性的泪水，还是懦弱的哭泣，我都没在乎，我只知道我很难受，像一位习惯了高高在上、歌舞升平、醉生梦死的君王，顷刻间沦落为宿敌的奴隶。

作为一名男生，虽然我知道哭泣永远是懦弱的表现，可是，当我写着故事，把原来的第一人称改成第三人称时，谁又能来和我说一句"天涯何处无芳草"。

思念这东西，活脱脱的慢性毒药，似乎一定要把人心烧烂，烧成灰，烂成泥才罢休。我的心结也越理越乱，终于，我决定用匕首一刀切下，干干净净，彻彻底底。

可我不知道这一刀该切在哪里。

五

那天我突然看到，当年最熟悉的身影又向我走来，没错，是向我，还带着微笑！她慢慢抬起手，依旧优雅，倾城。

如果离别那刻，我紧紧抓住她的手，或许一切都会改写。于是此刻我下定决心，要毫不犹豫地抓住她的手，但在我伸手那刻，她又一个转身，不带任何的留恋，不夹任何的感情，把我留在了一个荒凉的世界，连呼吸都成了一件奢侈事。不知为什么，我的手又猛地向前一抓……换来的却是猛地从梦中惊醒。

时间是凌晨三点，我的泪水早已打湿了枕头。

我也想像张爱玲那样，毅然转身，哪怕，转身一瞬，万千繁华尽落；一弹指间，万千年华烟然。

我来到了楼顶。看今天最早的星星。

奇怪，这繁华的城市，此时为何冷清、死寂至极？影子陪我在看着星空，也陪我看着她和我一起走过的城市。想起那年她和我一起在雨中撑伞，一起手挡斜日当头，一起遥看朦胧的月宫，一起唱着永不分离……

我笑了，没有哭。

从此，你存在了我上扬的嘴角里。

六

终于，我和她还是手牵着手，在落日海滩上漫游了。

海水泛着金波，她脸上也写满了幸福。我们向着落日，背后是被夕阳拉长的影子。原本是多么幸福的事，可我又泛泪了。

后来，闹钟吵醒了冻结的空气，也吵醒了我的幸福。我愤怒地把它摔向墙角，它不说话了，再也不会说话了。

我不管！我要睡觉！我要睡觉！我要和她在一起！

终于又回到梦里，但只有一张纸条。那年她低着头塞给我的，我看过：

明天，你会爱我如初吗？

会的，一定会的。

是在哭,还是在笑,都忘了。只觉天和地在旋转,在互换,好像要把所有的东西搅烂。最后,我也没从记忆的废墟里爬出来。

此后,每天都会有一个声音在我耳边萦绕:

明天,你会爱我如初吗?

会的,一定会的。

或许放不下的,就是得不到的;或许得不到的,就是最好的;又或许最好的,就是最坏的。看来,她就是。

朋友告诉我:自己割舍不下的,已经不是曾经喜欢的那个人了。或许就是这样,当自己惊叹于自己的付出时,曾经爱上的人,也许只是现在的自己了吧,而在这场独角戏里,最终感动的人,也只有自己而已。

或许,我该相信他说的。龙应台说:所谓父女母子一场,只不过意味着你和他的缘分就是今生今世不断地在目送他的背影渐行渐远,你站立在小路的这一端,看着他逐渐消失在小路转弯的地方。

我想,我们虽是恋人,却也走到了缘分的拐角。我看着熟悉而又陌生的背影,渐渐把视线的焦点丢了。那一刻,突然感觉,只要你不回头,我就很幸福。直到你拐过缘分的拐角,幸福戛然而止,把它写到纸上,成为历史。

从此,我的世界少了一个人。我把心门关好,把赖在里面不走的人永远囚禁了。我会看好那个人,不再让她偷偷跑掉。我已经失去了一次,不能再失去了。

而从此，我的世界多了一个影子。白天他和我做同样的事，晚上，他裹住黑夜守我入眠。

后来，她也没有送我《百年孤独》，我自己买了一本，托她闺蜜求她在书上写下了我的名字。

虽然我已无法得知她在落笔之前，是否还想到不需要再为我浪费自己的时间和笔墨，但无论怎样，还是谢谢她在扉页上写下了那早已不痛不痒的三个字。

至此，她终于真正的赠予了我百年孤独。

爱情最难的是忘记。
忘记是最美的开始。
希望她的开始是最美的。

两个月后，我把所有有关她的东西都摆进了一个大塑料箱子：她送的手表，我让时间停在了晚上 8:13，这是那年她答应和我在一起的时刻；几张定格天真笑容照片，我都镶进了相框；分手五天后她送我的生日礼物——两瓶鸡尾酒，没开封，也摆进了里面，我还放了好多防腐剂，当然也包括那本《百年孤独》。我用塑胶带封死箱子，特地带到一座小山里，埋了。

每隔一年，我会把它刨出来，再带到另一个城市，掩埋。

她曾说会和我周游世界，那就让世界都知道她和我曾经的记忆吧，相信大地会把记忆读取得更准确，像对待尸骸那样。

还好，我旅行的时候都会带着美好，也都会留下她和我的记忆。

也许和她的故事永远到此结束，说不定以后连远远地看一眼都会成为一种奢望。我唱起了许嵩的"与你若只如初见，何须感伤离别"。

可是，我如何才能做到与你若只如初见呢。

我只好在流年深处，许你岁月无恙。

后记

这是一篇无病呻吟的文章。

我虽如此评价，但我并没有忘记这些酸痛。尽管时间已经过去几年，可我还总会莫名其妙地落寞。其实我在想，每每守着回忆，骗着自己说时间一久就会淡忘了所有一点也不可靠。诚然，时间会冲淡很多情感，也许拿起就该放下。

哪怕是康复时的云淡风轻，还是复发时的无尽煎熬，都是感情痊愈的过程。我们以一年为限，到期后，翻翻曾经的日记，如果还是没有痊愈，就宽恕自己，再拖延一年……

感情里没有谁对谁错，也没有谁胜谁败，在意也好，洒脱也罢，都是情感历程中闪耀的光辉。那么，忘不掉的人，就深深地埋藏在心底，说不定哪天刨出来，还会记起她那单纯的一面，给自己在这滥情的世界里留一点回忆的载体。

我很确定地说，现在的我留给将来的我的东西，只有回忆时含泪的微笑。

那么，我会把青春的回忆小心呈放，酿作酒，慢慢地品，品出味道，品出内涵。一口饮了，也要醉一生一世。当然，我不要做酒鬼，平日里小酌一杯，就好。

回忆这东西，如一个方块字，等你写完100遍的时候，原本熟悉的模样也成了杂乱的笔画，也像忘不掉的人。

那看来，忘不掉就别忘了，远远地看着吧，说不定看多了，就像字一样不认识了。

可人怎么能和字比呢？

如果觉得自己无能为力，就把问题交给时间，如果觉得自己很痛，就用力笑笑。或许等你翻过今天的日历，才发现，原来，昨天的太阳，换了新的模样。

| 淡抹韶华依稀醉

让我做完这道题

  有的歌,是我们彼此都喜欢的,其中的每一串音符,都是我们熟悉的,每一处转折,都是我们经历的,每一个韵脚,都是我们欣赏的,每一种旋律,都是我们陶醉的。
  有的歌,是我们因为彼此而喜欢的,其中的每一次哼唱,都是忘我的,每一次提及,都是骄傲的,每一次附和,都是幸福的,每一次告白,都是感动的。
  虽然你离开后,每次街角的邂逅,都只能用背影来问候,可我还是喜欢那些歌。

一

  这场电影,结局不是你喜欢的,所以看不到末尾,你提前离开了;这趟公交,中途你是要换车的,所以没到终点,你早早下车了;这支钢笔,墨迹不是你熟悉的,所以没用几次,你已经丢掉了;这个故事,情节不是你在意的,所以刚刚开始,你就打断了。

那么，这就是我们的故事，我在故事开头，却寻不见故事的末尾。

高中时代，我是一名通校生，但是高一那年，在学校的每一个夜晚，我都是在宿舍度过的。在那里，我结识了舍友唐如，可惜我们不在一个班级，只是在几次大型活动中打过几次照面。

高一那年，因为种种原因，我们两个班可以相遇在同一节体育课上。自由活动后，我找到唐如，他正在给一群人讲故事。我也好奇，于是坐下来一起听。渐渐地，人越来越多，男男女女，把唐如包围。唐如面不改色，从容地把故事讲完，人们并不尽兴，强烈要求继续。唐如从容不迫，沉思片刻，又开始一个新的故事。

这时，默欢挤进来，坐到我身边。

默欢是我的发小，从小眉清目秀，聪明伶俐。可是受我的熏陶，她成了闻名学校的"女汉子"：做事风风火火，从不拖泥带水，而且很讲义气。我认为，"女汉子"的称呼并不适合她，"女强人"还好。

默欢一边看着周围一边拉着我说："讲什么呢，这么多人？"我懒地理她，继续听唐如的故事，故事已经进行到说一位老外住在中国一个月了。唐如听到默欢的声音，怔怔地望着默欢，忘了故事，忘了世界，忘了自己。

默欢察觉到唐如的目光，竟羞涩地低下了头。

我看看唐如，又看看默欢，心里暗喜，或许，一种叫喜欢的感觉诞生在他们两个之间。

　　周围人等不及了:"哎,你还讲不讲啊?不讲老子打球去了。"这时唐如才缓过神来,连忙接道:"噢,这就说,呃——那个老外,住了一个月后,呃,就,就……"他忘了情节,终于显得尴尬。而女强人也满脸红晕,拉着我就挤出了人群。

　　刚出人群,我调侃道:"不好喽,我们家的女强人要嫁人啦,哈哈哈。"她一言不发,低着头,把拳头握得咯咯作响,我见形势不妙,只好闭了嘴。

　　晚上回到宿舍,我就把唐如拉到我床上问他:"小子,怎么,是不是看上我家的闺女了?"

　　虽说我和默欢关系很好,但是终究是朋友,很明确地说,我们是兄弟。若是默欢真的找到了另一半,我就高兴死了,因为不用天天跟她缠在一起,惹来流言蜚语了。虽然是在高中,没到法定(这个"法"指家法)年龄,但我还是希望她去谈恋爱,离我远点。

　　唐如眼神四处游离,手也不知道该放在什么地方,见状,我已经知道了答案,可他还是倔强地说:"没有啊,我才不会谈恋爱。"

　　我笑着把他推开,匆匆地倒下睡觉。

　　天微微亮,我起床奔向教室,等着人一个一个进来,填满空缺的座位。后来,我喜欢上了这种感觉,虽然有时默欢还会在进教室那刹那跟我打招呼,但我也只是看她一眼,以表示回应。

事情发展得很顺利，唐如和默欢在一起了。其间的细节，我没有过问，只是感觉很轻松，也许是没有了默欢纠缠的缘故。

有时两个人在校园里并肩而行，偶尔与我邂逅，三个人也都是很礼貌地打招呼。但是有时碰到老师，我也不知道他们俩会怎么化险为夷。

有羡慕他们的男生说：默欢成绩名列前茅，名牌大学的苗子，唐如是全校倒数，他怎么配得上默欢？

有嫉妒他们的女生说：唐如风流倜傥，帅气逼人，又幽默，看看默欢，像个汉子，大大咧咧，唐如怎么看得上她？

唐如找我问过此事，我借口很忙，逃避了；默欢也曾经来找我哭诉过，可我见不得女生哭泣，又不会安慰，一时间手忙脚乱，应付不了，只好把唐如叫来，让他收拾烂摊子。

我想，两个人终究会明白，真正喜欢的两个人，是不会在意别人的闲话的。感情路上，你看看我，我瞅瞅你，就知道了问题的答案。可是两个人不懂这个道理。也许懂得，但是让冲动冲昏了头脑，于是和大多数情侣一样，没多长时间，两个人就分手了。

二

分手之后，默欢火速和一个学霸谈恋爱，声称恋爱是让人忘记痛苦最好的办法。

唐如的关系网很广，上到学校领导的后代，下到校园里的保洁阿姨，甚至每一个班里，都有他安插的眼线。

那天晚上，我回到宿舍，看到唐如鬼鬼祟祟地用被子盖起一个箱子，我初步断定，那是一箱啤酒。

十二点过后，唐如起床了，也惊起了梦中的我。黑暗里，我们对视一眼，我笑了，可是他却叹息一声，默默地摇了摇头。我爬到他床上，在那里，他已经开始喝酒了。我安静地看着他，一句话也没说，一箱九瓶，他全都喝光了，醉了，他开始笑了。

他轻轻地笑着，笑着笑着就哭了，双手捂在脸上，一滴浑浊的泪水携卷着诸多回忆，从眼角滑落，顺着手臂，划出一道泪迹。

你转身之后，回忆带着我生命的色彩流走，渐渐地，我的世界里只留下了黑白。我把回忆拼凑，可再也拼不出你的样子。其实，转身一瞬，万千繁华已落尽，一弹指间，万千年华也烟然。轰轰烈烈，因沉淀而恬淡，特立独行，因磕绊而平凡，跟跟跄跄，因连绵而果敢，执迷不悟，因阻拦而改变。

或许是在这一刻，唐如决定努力。他说，即便在默欢面前，他也会毫不犹豫地转身离去，尽管自己那么爱她。

"默生，你知道张子涵吗？"唐如借着酒意轻声问我。

"张子涵？不是孙子涵吗？"我一脸迷茫。

"噢,对,是孙子涵。"他皱了一下眉头,拍了一下自己的额头。

"提他做什么？"

"他有一首歌，叫《忘了回家的路》，你听过吗？"

我清清嗓子,微笑着说:"那首歌叫《只是忘了回家的路》,我听过。怎么了?"

他尴尬地笑起来,顺势倒下,趴在床上,说:"呵呵,没什么,就是感觉很好。"

我若有所思地点点头,提醒他快睡,可他醉了,我不知道他有没有听到我的话。

"我在时间的轴,被催着走,等待一枝独秀,最后变成沧海一粒蜉蝣,迷了路回不了头……"

孙子涵轻轻地唱出了唐如的心声,一字一句,印在了他的心上,从此在宿舍里,多了一位"学霸"(这个"学"是动词),他总是抱着那本比脸还大的《五年高考三年模拟文综篇》,尽管那时候,文理还没有分科。

高二那年,我和他分到了同一个班级,我开始通校,努力学习。而唐如,则比我更努力。早自习最早来的是我,第二早就是他;体育课上,他不再讲故事,而是背着书包,等待一声哨声后,自由活动了,他就跑到一个安静的地方,做自己的试卷;晚上放学后,最晚走的也是他,渐渐地,他从"学霸"成了名副其实的学霸。

一天到晚,他畅游在题海,已经走火入魔了。人们叫他去吃饭,他一定回答"等我做完这道题再说"。

到了高三,唐如已经是全校知名的"三好学生"——成绩好,成绩好,成绩好。

有的老师惊呼这是奇迹,有的老师感叹这是潜力,而我悠悠地和自己说,这是血性。

三

高二那年,有一次过周末,我买好了他喜欢的电影票,然后在他家楼下傻傻站着。他家里只有他一个,我打了无数遍电话,让他开门,他说了无数遍"让我做完这道题"。

最后我忍无可忍,把电影票给了默欢。

默欢笑着问我为什么想起给她买电影票,我不会撒谎,就告诉了她真相。她笑着点点头,我忍不住好奇地问她为什么没有想过找唐如,她咬咬嘴唇,什么也没说。我没再坚持,悄悄溜走了。

回到学校,我看到唐如已经在学习了,几个男生还在走廊里,趴在窗户上评论来来往往的女生。我在自己的座位上坐下来,空荡的教室里,只有些许几人。

我刚要起身出教室凉快,默欢离开自己的座位,走向了唐如。

我心里大叫一声"不好",然后阴险地笑起来,心想,这下有好戏看了。我在原位端坐好,侧耳偷听他们的对话。

"唐如,我有话想对你说,你有空吗?"默欢的声音很小,完全颠覆了女汉子的形象。

唐如抬起头来,推推眼镜,向窗外瞄了几眼,尴尬地说:"等我做完这道题吧。"

默欢"噢"了一声就默默地回去了。

我长叹一声,摇了摇头。默欢回头瞪了我一眼,我悻悻地低下头假装做题。

尽管默欢知道唐如会拒绝,尽管默欢身边还有学霸男陪伴,可是默欢是真心喜欢唐如的。学霸男虽然了解默欢的想法,但是一直对默欢照顾有加。

他们的关系越来越乱,直到我决定不再蹚这浑水,于是真的不再打听他们的状况,就再也不了解他们的情况了。从此两耳不闻窗外事,直到高考结束。

高考揭榜,唐如选择了复旦大学,学霸男陪着默欢,去了北京。

往事写成章节,思念就告一段落。

故事总是在乎永远,却错过了昨天;痛苦总是款待思念,冷落了笑颜。来来往往的路口,散落太多的抉择;熙熙攘攘的盛宴,撒下太多的誓言。

我想陪你喝到最后一杯,但是自己不能再奉陪。我只好装醉,提前离开。你是幸福,我是颠沛流离,对不起,曾经爱过你,或许永远爱你。

后记

后来的事情我并不想知道,但是我总要把它写下来。

唐如在大学里还是一如既往地努力,读了研究生,现在在攻读博士。人们都羡慕他的学历，当初说他成绩差的人都坚强地扭过头，解释说那时自己很年轻，不懂事。

默欢和男朋友去了北京后，前两年还有看到他们，但是后来，我们有三年未见。等到再见时，却已经是手捧礼金，双手踏进他们的婚礼场地了。我在原地看来看去，始终没有看到唐如的身影。

婚礼后，默欢特别邀请了几个朋友一起吃饭，其中有我。

我抱怨道："交了那么多礼金，一个美女也没看到，太low了。"

默欢抿嘴笑笑，看得出，她已经不再是以前的女汉子了——在北京陪夫君改变了不少。

当初说她气质差的人们都没有出席她的婚礼，交了礼金，说了祝福的话就溜了。

我最后问默欢："怎么没有请唐如来？"

默欢的笑容在脸上凝固了，她盯着杯子出神，许久，她摇摇头，"请过了，他没来罢了。"

"他怎么说的？"

"他沉默了很久，最后只说了一句话——等我推出这道公式吧。"

我刚要离开，默欢红着眼圈问我："默生，你说，他会恨我吗？"泪水在她的眼里打转，弄花了眼圈上的妆。

我没有回头，也没有回答，我想，如果问题本身成立，那么答案就失去了存在价值。问题就是答案，回答只是多余。

可也许默欢并不明白这个道理，所以，没有回答的答案，就成了她猜测的回忆了。

后来，我还是忍不住给唐如打了一个电话。

"为什么不来参加默欢的婚礼？"

"我很忙啊。"

"你的公式什么时候能推理完啊？"我调侃道。

唐如罕见地沉默了很久，我等了很长时间，他才回答："我推不出这道公式，永远也推不出。"

我也沉默了很久，不知道该说什么。一个本应该几分钟就可以打完的电话，足足被我们俩延长到四十分钟。

"你恨她吗？"我忍不住问。

他忧伤地说："怎么舍得呢。"

"都这么多年了，还没恢复好吗？"

"默生，恐怕我已经习惯了这样的生活了。"

我的心不由一震，一大堆话涌到嘴边，却不知道该先说什么。

"我还很忙，有空再联系吧。"就这样，一场不知什么时候才会结束的对话，就这样草草地被唐如终结了。

从那以后，我再没联系过唐如，我想，他过得，应该还好吧。

也许爱情里最好的收获不是回忆，而是为彼此改变的东西。你离开我，我不怪你，我怪自己不够努力。

我为你改变的，也许是你早已不屑的；我为你努力的，也许是你早已丢弃的。但是我不在乎。最后我成功了，我希望不再爱你了。

有的歌，是我们彼此都喜欢的，其中的每一串音符，都是我们熟悉的，每一处转折，都是我们经历的，每一个韵脚，都是我们欣赏的,每一种旋律,都是我们陶醉的。

  有的歌,是因为彼此而喜欢的,其中的每一次哼唱,都是忘我的,每一次提及,都是骄傲的,每一次合唱,都是幸福的,每一次告白,都是感动的。

  虽然你离开后,每次街角的邂逅,都只能用背影来问候,可我还是喜欢那些歌。

  你不在了,我会做完这道题,那么,希望我会更好。

下一站,去哪里

我幻想回到以前,改变曾经的自己,
吝啬的留住曾经拥有的,可我回不去;
我希望走向未来,认清现在的自己,
可我现在并不认识自己,所以不知道,
下一站,该去哪里。

明天

我记得放下笔时是凌晨二点,醒来已经到了午后。我摸摸桌上的眼镜,安在脸上,就穿着睡衣,踢踏着拖鞋走到窗边,扯开了厚厚的窗帘——阳光与我撞了一个满怀,可幸福来得太突然,我都睁不开眼睛。

揉揉惺忪的睡眼,慵懒地伸了一个懒腰。夏季正落下帷幕,秋正要登上时间的舞台。于是天空换了一套行装,舒卷了几团悠悠的彩云。多日不见的清澈和蔚蓝,宛若山那边静静的海水,映在失意者忧郁的脸上。

可是,堂前的花谢了。

也许是早上开的,但马上就败了,我错过了花开的时令。

邻家的金毛趴在阳光下,眼睛眯成缝儿,抬着头,注视着小主人和一位陌生的小女孩手牵手蹦蹦跳跳地走过阳光和阴影。

我提笔想续写昨天的故事,可章节到此却告一段落,我努力回想那日那地发生的情节,日将落西山,我也没找到回忆的载体。

我上阁楼拿出一瓶老酒，金色的夕阳把落日的余晖洒在窗边的桌子上。那里静静躺着一张黑白照片——他和她。青涩的她挽着他的胳膊，靠在他的肩膀，两人幸福地微笑，定格在了快门按下的那刻。

现在这张照片，摆在桌子的中央。干黄的颜色圈染了它的半壁江山，上面落满了古老的灰尘，在阳光下，它像一位苍老的老人，徒步跨越了千年的光阴，在夕阳下诉说着自己的往昔，祈祷着日落之后夜空别那么黑暗。

妈妈对我讲过，姥姥和姥爷是幸福的，因为他们永远年轻快乐。正是因为永远年轻快乐，我才没有见过他们。是的，照片里的她和妈妈一样漂亮，照片里的他和舅舅一样帅气。

也许有一个地方，在那里，世界很清澈，凡是花开就是美的。我们对青春说永不散场，我们约定改变世界；在那里，我们不懂爱，却爱得最深最真，不懂人情世故，却从不偏袒任何一份情感；在那里，因为年轻，所以我们不羁。

我拼命地寻找那个世界，焚膏继晷，夜以继日，可我终究没有找到那一片净土。

或许我们不再单纯，但从不埋怨。我们说这就是青春，是人生最美的桥段。在这里，我们犯下最大的错误，因为欺骗了最真实的自己。

那，现在想来，盛开的花，错过了，偶尔惋惜亦可。明日的太阳仍会是熟悉的的模样，再多的感慨也挡不住岁月的轮回。

熬夜太晚，会错过了时令，悲伤太久，会囚禁了心情，泪水太多,会模糊了美景。所以说,千万不要熬夜,睡到花开,就好。

昨日的一笔笔账目都要一笔勾销的,在心底画一个满意的微笑。那么,如果可以,请给我一天假期,让我享受美景。

|淡抹韶华依稀醉

明年

清晨,东边的天空孵化着这天的太阳,眼看白云已经通红,新的一天已经开始了。阳光撕裂了地平线,迫不及待地洒向大地,洒向伫立在田野里的少年脸上。

回到家里,妈妈翻出一个箱子。我一打眼,默默计算它的年代。最后还是失败了,我吹去上面的尘土,打开了尘封的往事和记忆。我已经忘了里面的东西,打开那一瞬,我也是愣了一下。

里面的东西至少有十年了吧,那是儿时的玩物啊:十二张什么什么奥特曼的光碟,还有五张没有开封的,上面赫然印着"超值""典藏版"等字样;看不出几年级的考试卷,铅笔留下的字迹快要消失了,只有几个依稀可见的字还能感觉到它们歪歪扭扭、奇形怪状,红色的批语也已经褪了色,晕开在试卷的显眼处;一个记事本,上面写满了日记,无非昨天赢了几颗弹珠,今天输了几张游戏卡……可惜字里行间,再也读不出当年的喜悦或者落寞,自己拿着它,悄悄地发呆。

翻完这些记忆,我也不禁笑起来。曾经的自己,也是和别人一样。虽然年少,我们却经历;虽然无知,我们却收获。我们一路跌跌撞撞,却从不畏惧;一路踉踉跄跄,却不曾退缩。

有时,我们记性太好,总在回忆里伤心;有时,我们记性太差,总忘记青春开场的主角。我们总说前方的风景更美,却不曾因眼前的风光逗留。其实我想,也许路过的风景才最美,因为错过,因为那是你的汗水,你的回忆,淡抹,或许还会依稀醉。

我们会把梦想当作终点,心无旁骛地追赶。

我们会把梦想当作一切,大无畏地向前。

后来我们发现,所谓的努力就能成功,有时只是一个谎言。出于人性的吝啬,梦想永远不会实现,它大到无限大,远到无限远,一旦接近,就会迅速膨胀。还好,我没有梦想,我做我该做的,梦想会和我碰面。

我们选择什么样的选择,就结果什么样的结果;成就什么样的成就,就回忆什么样的回忆。或许,命运就是这样的。

入夜了,街上的车辆渐渐少了,路边的树木慢慢亮了,远处的高楼悄悄黯淡了,路上的游子默默忧伤了。因为今天,大年三十了。

烟花少了,灯火璀璨了,一家人坐在一起吃晚饭了。

姐姐在她婆婆家里,陪着那家人一起欢笑;而我家,只有爸爸妈妈看着春晚,乐了;不孝顺的儿子没有和同学约好跨年,写完这篇文章就睡去了。

我想,就这样默默睡去,让时间悄悄溜走,那么,等我一觉醒来,就是明年了。

[淡抹韶华依稀醉

孤独的操练

"老长时间没看见你了。"我走进球场边的小卖部,角落里传来一个沙哑而又苍老的声音。我环顾四周终于发现张老头坐在小屋里最阴暗的角落,腿上盖着一层被子,手里捧着一本《圣经》。

其实张老头还不老,只有60多岁,但脸上的沟壑让他愈显苍老。他老早就退休了,在球场边开了一个小卖部,卖点儿饮料什么的。他不图挣钱,所以附近的人都愿意来这买。那次小区停水,他的一屋子饮料转眼就卖光了。很多在球场上打球的孩子在玩得大汗淋漓之后,也总是来他这买水。有时赊个账,张老头也不做记录。这一晃,就是十几年过去了,他的小卖部不仅没有关门,反而更加红火。

"是啊,快三年了吧。"我笑了笑,指着他手里的《圣经》,"你也看这个?"

张老头挠挠头,尴尬地笑了起来,说:"一个老乡送的,说看这个对我好。我是看了好几遍了,也没觉得怎么样。"他停顿了一会,自言自语地说:"大概是我麻木了,什么也不管用。"

我下意识地望望他，不经意间，瞥见他身后的黄色土墙上挂着的一排20世纪70年代的报纸。我想起家里人对我说的话：

张老头曾经有个儿子，但是刚过两岁，就被拐走了。孩子没了，张老头就找报社登寻人启事，一登就是四十多年。

我拿上一瓶矿泉水，将钱放在门口边的箱子里，回头看了看张老头。

他点了点头，然后低下头继续看那本厚厚的、毫无用处的《圣经》，我轻叹一口气，走出小卖部。

不远处的球场上，一群小孩子高兴地玩着皮球。场边一群老人晒着太阳，高兴地聊着琐事。我望了望天空，几丝青云如细沙般平铺在一块蔚蓝的宝石上，不一会儿就慢慢散去，飘去了地平线。

吃过晚饭，天还没黑。我踏着夕阳来到球场，远远地看到张老头坐在小卖部门口，依旧是腿上盖着一层被子，手里捧着一本《圣经》。他招手让我过去，我就找了个马扎，坐在他身边。他翻着手里的《圣经》，和我一起望着球场，那里有几个年轻人打球，活力四射，激情燃烧。

张老头眯着眼，说："我看你也挺喜欢打球的。"

我笑着点点头。

他叹了一口气，又说："那年要不是我出了那些乱七八糟的事儿，说不定我也是专业的了。我还和穆铁柱打过球呢。"说着，他不自觉地笑起来，没有一点矫饰，是发自内心的刹那间体会的幸福。

我疑惑地问："那为什么没有坚持？"

张老头沉默了很久，从上衣口袋里摸出一盒烟草，捏出一小撮，用纸卷起来，吧嗒吧嗒地抽起来。烟雾把他笼罩起来，仿佛与世隔绝，张老头在那个世界里，皱着眉头，静静地看着远处，或许在畅想，或许在回忆，他成了孤独的老者，尽管周围尽是繁华。

"家里人跟我说，我出生那天就是新中国成立那天，我一哭，毛主席就宣布政府成立了。"张老头开口说道，他的脸上洋溢着自豪。"我十岁那年，家乡闹饥荒，死了很多人，我家里人也都没了。"他脸上的幸福一点点消逝，烟雾却愈发沉重，"后来我娶了个媳妇，她长得真是美。我干活有劲儿，家里一天天好起来。她给我生了个大胖小子，但我还没抱热乎，就没了。儿子没了才几年，我那新媳妇，年纪轻轻的，就得病死了。我也没算过了多少年了，一点一点都自己熬过来了。后来我看余华的小说，就对别人说'这不就说的我吗'，我上大学的时候，正好闹革命，不然我和你一样，都是知识分子。"说着，他爽朗地笑起来，我也跟着笑起来。

他望望小屋里的报纸，叹了一口气，说："我那儿子，没看几眼就没了，也不知道是哪个好心人帮了我一把。"他没有用手抹他那干涩的双眼，而是继续说："我儿子出生那会儿，我想给他照张相，那时候穷，不舍得花钱，我妻也想照张，我就是没答应。唉，儿子没了之后，我就用那张照片登寻人启事，后来她说走就走了，我也没留下个纪念啥的，那一张照片，我也就烧给她了。我现在想看看他们了，也没办法，只有报纸上这一张。"说罢，他望望昏暗的小屋，里面的报纸连成一排，仿佛厚厚的壁垒，隔绝了两个时代，也隔绝了两代人。

张老头如同讲述着别人的故事，把痛苦一笔带过，欣喜浓墨重彩。我猜，他的叙述一定练习了很多次，直到思念长了茧，再也无法被他轻易刺破，才变得云淡风轻。他的表情不再被往事左右，一个笑就浓缩了千年的回忆。他成为大厨，随意摆布生命的酸甜苦辣咸。

"我要是占卜师，一切就都在意料之中了。"说罢，他笑起来，干瘦的轮廓在黑夜里抖动，脸上的皱纹井然地堆叠，如同帕利亚峡谷里砂岩的纹路，映射着自己多年来的操练。他低头摩挲着那本《圣经》，嘴角微微扬起，突然转向我。灯光倾泻在他脸上，打亮他的微笑："这本书你拿着吧，放在我这还免不了浪费了。"

我木讷地接过书，捧在手里。我抬头看看他，他已经转过头去了。我又低头看看双手捧着的独立于信仰之外的东西，突然觉得它变得很重，因为它承载张老头的叹息和叹息里的思念，并把它们永久地封印起来。

黑夜拉下帷幕，夜空星罗棋布，星光灿烂，柔软的灯光下，一位孤独的老者望着远处少年们打球的身影。阴影遮挡住他的脸庞，那双向内凹陷的双眼黯淡，他似乎闭上了眼睛，轻轻地呼吸着，阴影包裹住他的一切，将他带到一个可以祈祷和忏悔的国度，在那里，他静静地享受着这孤独的操练。

[淡抹韶华依稀醉]

埋单

我总是会看到班里的励志板上,用眉清目秀的正楷写着这样一句话:没人会为你的未来埋单。

对这句话,我的态度是,既不欣赏,也不贬斥。因为我总是在想,对于麻木的人来说,再多的暗示也不如一语中的,对于执迷不悟的人来说,再多的否定句也不如一句惊世骇俗的陈述来得爽快。但是,如果真的要咬文嚼字的话,我就不认同这句话了,毕竟还有自己。作为命运里最后的王牌,我还是要买单。

佛说,重生总是在涅槃之后。那么,买单应该在涅槃之前。

在我高中通校的那段时间里,回家的夜路我走过了数百次。我并不害怕走夜路,反而,我还很享受。因为在这条路上,我总能嗅到黑夜与孤独的芬芳。路灯的光亮曾落满我的全身,无尽的黑暗也曾包裹住我的一切。行道树的一次次枯荣见证了四季的一道道轮回,日渐清晰的丁达尔现象也验证了雾霾的步步紧逼。

几乎每一个夜晚,我都会看到一位衣衫褴褛的老人,在街边的垃圾箱边翻着散发着刺鼻气味的垃圾，然后将有利于自己的废品一点一点地整理好，放到自己那古旧的三轮车上。而我总是飞快地掠过他，草草地瞥一眼就继续赶自己的路。寒来暑往，春去秋来，我脑海里的一幅幅静止的画面也能拼凑起一段完整的历史了。无论是在毫无遮拦的街灯下，还是在光怪陆离的树影间，都有他佝偻而又忙碌的身影。

其实，我也曾细细打量过他———一双臃肿的如同古董的双手接在两支似乎由树皮包裹起来的骨头上，脸上尽是岁月的足迹，眼皮的一张一合更是衬托了面容的苍老。其实我在想，或许，我已经不该用"双手""面容"等词语来描述他了。无论是大雨瓢泼，还是大雪纷飞，他都要亲手扒开那些肮脏的垃圾，如同扒开命运的枷锁，然后给自己的宿命结账。

衣着体面的市井混混还沉浸在自己的醉意和歌声里。歪歪斜斜的身影与斑驳的树影交织在一起，宛若一部声势浩大却是黑白无声的幻灯片，演绎着市井混混的跌跌撞撞和调侃老人那玩世不恭的光荣事迹。老人面不改色，也许他经历了无数次这样的嘲笑，已经可以轻松地释怀了。但无论原因是什么，他都在忙着继续自己的使命，不曾有一丝懈怠。黑夜里，市井混混的凯歌渐行渐远，最终被黑暗吞噬。

我总是在可怜那位老人，工作艰苦，却没有稳定的工资。我想，如果政府或者有识之士专门安排这样一些工作岗位，也许不仅仅会提高这些鄙贱之人的工作积极性，促进资源的回收利用，也可能让这份工作被世人认可，不再被那些高洁的市井混混看不起了。

但我后来想了想，还是没必要的——如果这样做的话，就无法衬托某些市井混混的高雅情操了。

可是有一天，我似乎看到那位曾经得意的混混，蹲在街角的路边，穿着滴满乳白色油漆的粗布衣服，手指还夹着一支烟，满目迷惘。我笑了笑，对自己说："应该是你看错了。"

当我再次看到那位老人时，他已经换了一辆崭新的三轮车。无论是在垃圾箱边，还是骑在车子上，他的脸上都挂着久违的笑容。尽管他的衰老正在加速，但他是真正幸福的。

命运的纰漏孕育于自己的玩世不恭，生命的疏忽也总是贯穿于得意的始末。我相信，时间是公正的，历史也会是公正的。

当命运的旧账扑面而来，你要做的就是做好自己，为自己埋单，为涅槃埋单，更为重生埋单。

"爸，你别去捡垃圾了，我又不是养不了你。"

"我还能干活，你先自己养着自己，等我干不动了再说。"

"可是……"

"没什么好可是的，我自己买了一辆新的三轮车，这个季度没办法给学校捐钱了，你先借我点，我挣来了再还你。"

"没问题。您别太辛苦就好。"

"咳咳咳……"

"爸，你怎么了？"

我"呼"地从梦中惊醒，还好是一个梦。

老师还在讲台上挥洒着汗水，我低头看看桌子上的高考一排复习资料,才想起还没有给它埋单。

  于是我整理好心情,跃进了题海。

  我想,把它认真做完,才是真正的埋单。

|淡抹韶华依稀醉

单人旅途

孤独的列车飞驰在原野上，我靠在窗边，静静地享受外面那个荒凉芜秽的世界。鸿雁掠过我的头顶，在苍穹画下一道迷人的伤痕，夕阳的水彩圈染了大半天空，我看看车厢内慵懒的旅客，有的听着音乐，有的闭目养神，也有的和我一样眺望远方。

我想，如果现在车厢里只留下我一个人，我应该拿起手边的吉他，弹奏自己喜欢的旋律。直到明星布满整个黑夜，再让音乐指引我进入梦乡。

和我一起路过无数站的同伴刚刚下车，身边的座位似乎还留有余温。他的身影也如同镌刻在我的瞳孔上，看哪都会依稀感觉友人还未曾离开。选择灯火璀璨，还是灯火阑珊，没有对与错的标准。既然执意过去，那我又何必惋惜。

其实，人生就是一场单人旅途。沿途风景可能有人陪你驻足，但你终将要走到分别的津梁，独自寻觅人生的注脚。

高二的时候举行成人礼，学校借此机会号召大家给十年后的自己写一封信。当然，学校将会为我们封存，一直等到某一天我们突然想起的时候，回母校看看，看看曾经那个年少轻狂的少年。

"默生，我的信里写到你了！"有人对我这样说。

我也不知道该怎么回答，只好尴尬地笑笑，点点头。我低头看看自己写的，除了自己，未提到别人，只是一连串的拷问，句句都是鞭笞。我庆幸自己没有像那些人一样感伤往事，而是写下了灵魂的审判。

我写道："你要记住，无论现在的你多么辉煌多么成功，还是多么失意，多么落魄，都没有被十年前这个轻狂又无知的少年看得起。"

对未来畅想的气息弥漫在整个校园上空，以至于回家打开朋友圈或者空间，都是同学们铺天盖地的感慨。一大串的感言之后，艾特某人。看到这儿，我只能默默地祝福，祝福他们不要走散，不要放开了彼此的手。

可是，十年有多久？我们还没有经历满两个十年，说未来怎样，我总觉得为时尚早。但这一段单人旅途，我还是要一个人走完，这一场孤独的操练，也终会让我学会享受孤单。

我想，十年不会太久。人类文明长河中这极其短暂的一段，终会被历史遗忘，甚至被自己遗忘。如同开放在无垠旷野一处的孤芳，没人一睹那窒息的美丽。肆意的风儿吹散了它的芬芳，却吹不散它的忧伤。

夜幕拉下，列车驶过星火璀璨的城市，我路过万家灯火，直到灯火阑珊，恰好友人到站。

我看到车外的世界——人人勾肩搭背,人群熙熙攘攘,到处是繁华热闹的景象,我猜,这里就是天堂了。可天堂的人好多啊,我还是去找属于自己的时空吧。无论是一片小小的净土,还是世人口中"乌烟瘴气"的地狱。

我向友人的背景挥手,而对方早已忘了说再见。我害怕自己也被这个世界感染上滥情的病毒,所以我选择了逃避,列车缓缓驶出城市,奔向远方,我微微一笑,弹起手边的吉他,唱起了自己的歌谣。

沉世浮华影孤单,天籁千遍,只叹诗意浅;

迢迢年华无人伴,华灯万盏,难透我心帘。

我还在继续自己的单人旅途,虽知我找不到那片净土。

旧人梦

高一的时候,我用这个题目写了一篇文章,后来在省里得了奖。可现在当我再看到这个题目时,却汲取不到一点快乐的力量。我曾辗转反侧,似乎觉得自己丢失了什么,直到一次旅行,我才想起了微笑。

那次陪着家里人去黄河口,一路上,看在眼里的,尽是荒凉的原野。

车上的人说说笑笑,只有我一个人静静地看着窗外。我想起学校的课桌上杂乱的稿纸下压着的人物阅读资料,有写李白的,有写陶渊明的,也有写海子的。我记得在某次演讲时,我以海子为例阐明自己的观点,老师却说我太悲观。出于灵魂深处的谴责,我没有反驳,只是把那个答案留在心里,而且直到现在,我也并不怀疑自己的判断——这是客观。

很多人都曾说我太孤僻,但不可否认的是,我确实能和别人玩得来,聊得开。我也曾试图动摇内心孤独的决心,但我还是告诉自己,终有一天,我必须习惯孤独,并学会享受孤独。

也许在青春的旅途中,说孤独太显悲壮。我知道自己并不是一个人在奔跑,你也是。但无论自己多么彷惶,多么倔强,多么孤僻,多么喜怒无常,终会有一个人让你找回微笑,陪你一路逃亡。

那么,这个人,应该就是你现在想到的人了。记得抓紧他的手,一路微笑。

我在获奖的作文中虚构了一个美好的世界。也许是复制了五柳先生的那片净土,也许是追寻了诗仙落拓不羁的足迹。我说自己想远离鳞次栉比的摩天高楼,找一片净土,晨炊,砍柴,挑粪,赏渔火,与山酌。

但我知道,那片净土不是为我准备的,虽美好,但装不下一颗骚动的心。贪图安逸是腐化,马不停蹄才是最充实的旅程。即便有时阳光会腐退坚持,也应该学着厉兵秣马,等待号角吹响那刻。

我喜欢孤独,但心灵的孤高并不代表形体的寂寞。诚然,人的一生要遇到很多人,可最后同行的人却寥寥无几。

茫茫人海里,"唯一"的概念实在可悲,但不可否认,你终会寻到。

对我们好的人,千万不要辜负,那是上帝派给我们的天使;心怀叵测的人,就不要在他们身上浪费时间,也不用非得与之斗争,然后争个昏天黑地,你死我活。

我想,用自己灵魂的沉默就可宣告敌人的完败。光风霁月,和光同尘，莫让滥情之人乱了自己的阵脚。

四野阒然，但我想起，自己和一群男生，在教室外的走廊上占据着窗户，傻乎乎地笑着。或者在楼顶上偷偷地抽一根烟，或者拿着手机报道 NBA 战况，有时也为没钱吃饭而苦恼，趴在桌子上等待着上课，直到下课不曾改变一下自己的动作……

我偷偷笑起来，扭头看看家人们，依旧在讨论着我认为琐碎的杂事。我继续看自己的风景，顺便把耳机塞到耳朵里。音乐包裹住了我的所有，音符怀抱了我的所有，我渐渐明白，曾经的旧人梦不过是自己贪图安逸的冠冕堂皇的借口，我还要走一些布满荆棘的山路，和一些志同者同行，然后找到心中那片净土。所以现在，我还得努力，或者变得不再玩世不恭，也或者变得不再孤僻。

其实，在我们心中，一直有一条关于成功的定义和标准，只是自己在浩瀚的文字海洋中被那些闪亮的字眼所攫住，渐渐扭转了前行的船舵。

人生之于自己，一定是独一无二的，哪怕之于全人类，也一定是无法复制的。我们都会扬帆，航程凶多吉少，但摆平波澜，终将驶向不同的港湾，那里海风吹拂，鱼水共舞，只有终点站，不再有地平线。

一曲终了，我们恰好到景区，我长舒一口气，隐蔽地笑了笑。我望望远方，昤昽仍烓，四野依旧阒然。行人的衣衫褴褛，步履轻盈，天气刚刚好，心情也刚刚好。

那么，心情舒畅，眼前的风景也渐渐明朗，即便回忆呼啸而来，嘴角也还是微扬。

无眠

我掬一抔黄土,慢慢走到台阶前。我坐到台阶上,侧过身把土撒到自己的身旁,堆成一个小小的坟堆。

里面埋着一个当年极具有纪念意义的图腾。

我双手向后撑着,扭头注视这个埋葬了我些许岁月的坟墓。冰冷的月光让它的亮暗分明,更打亮了我冰冷的微笑。黄土一点点被晚风携去,直到殆尽,可底下埋藏的图腾不知了去向。我伸了一个懒腰,看到不远处有一个和我一样的人向我走来。月光照亮他如我一样的脸庞,他面带微笑,说:"你该醒了。"

我睁开自己的眼睛,月光透过窗子洒在我的床上。我叹一口气,心想:又将是一个无眠之夜。

我从书橱上取下卡彭铁尔的《光明世纪》,借着月光读起来。

第二天回到学校,静姐问我:"读到哪了?"

"维格开始做压迫黑人的勾当了。"

"啊?他怎么……"

"人是会变的。"

她若有所思地点点头。

我从钥匙上摘下昨晚梦到的图腾,递给静姐,说:"你帮我处理掉吧,我似乎有点舍不得。"

"你想开了吗?"

我点点头,又摇摇头,不知道要说什么。

她在我身边坐下,安静地说:"默生,你能不能想个好点的办法,让自己忘了她?你也知道,我和前任分开两年多了,虽然现在有男朋友,但我还是忘不了他,我总觉得对不起现任。如果你能找到一个好方法,也告诉我。毕竟是个坎,总要过去。"

我沉默良久,终于点点头,"尽量吧"。

我扭出一条莫比乌丝带,看着它出神。视线的焦点从一点开始进行无休止的循环往复,如同往事在心海来来回回地翻涌。我突然记起在《百年孤独》中肆虐马孔多的那场"瘟疫"——失眠症。如马尔克斯所说,人得上严重的失眠症会渐渐忘掉曾经,不再重复曾经的记忆,最后沦为没有过往的白痴。我不知道是真是假,但我宁愿相信。

于是,我选择了在半夜看电影或者小说,却告诉静姐说,她应该出去旅游,沿着最美的风景,听着最应景的音乐。

时间在不停地飞逝,如果风景也在不停地变换,那就随手丢掉自己的烦恼,闭上眼睛忘记刚刚走过的路径,让烦恼囚禁在某一处风景,别再让自己找到。

把夜交给喜剧,一枕黄粱;把夜交给思念,一枕荒凉。我的时间很少,不想少一夜欢畅;我的时间很多,不想多一夜惆怅。

无数种形而上的逃避,我都试过了。至于效果怎么样,我也很难说清楚。我总在夜晚看光年外的那些星球，认为它们的光亮就是永恒。可是有一天，我骑单车在光影重叠交错的单行道。我看着那轮夺走所有光芒的明月，看它跟我一直向前走。可当路灯与月亮重叠那刻，我只看到离我最近的路灯光，即便月亮再亮，也与我无关。

我想，幸福无非就是这两种。而我宁愿选择离我最近的，即便不温暖，不夺目，也比光年外的幻象强得多。

这天夜晚，我又借月光读起《光明世纪》来，不过这一天，我把它读完了。故事里的主人公消失在茫茫的革命浪潮中。我想，我要不要也消失在茫茫人海中。

于是，又是一个不眠之夜。

| 淡抹韶华依稀醉

成事在天

我把自己的野心昭告天下,我给自己的细胞发号施令,成事在天只是庸人安逸的借口,占卜出的宿命还等我去践踏。

那年中考后,小吴在广场上找了一位装束极似道士的白须老者算了一卦。最后,老道士叹息,说:"你的中考没及格。"

小吴气愤地叫道:"你乌鸦嘴!"

揭榜那天,小吴真的没有及格。他郁闷了很久,最后决定去广州专修美术。临行前,他去见了那位占卜师。

"算卦的玄机是什么?"小吴疑惑地问。

道士捋捋胡须,故作深沉,最后从嘴边冒出一句:"成事在天,我看得见你的天。"

小吴挠挠头,依旧一脸狐疑。

后来我为小吴送行,他问我:"默生,你相信成事在天吗?"

我笑了笑,说:"那你做你自己的天。"

到了高中,我无意中看到静姐的笔记本扉页上写着这样一句话：

上天最大的仁慈，莫过于偶尔宽恕你的无知；最大的威严，莫过于忍受不了你对命运的挑衅。

我合上本子，问她："你相信成事在天吗？"

静姐皱皱眉头，腼腆地笑道："也信也不信。"

我摇摇头，走开了。

后来学马哲，我又问静姐："你还信成事在天吗？"

静姐笑了："不信了，唯心主义……"

我挥手打断她的话，挤出一丝笑容。

之后的某一天，静姐突然笑着把她的笔记本丢到我面前，我看看她，她则示意我打开看看。

我翻开封面，在两行熟悉的字下面，又多了两行眉清目秀的正楷：

我要马不停蹄，才可能逃得出命运。

墨迹未干，笔画在阳光的侧映下泛着幽暗的光，闪烁着快乐的表情。誓言就是这样，高傲地向命运挑衅，然后背水一战，成为王者。

我淡然一笑，对静姐说："如果我现在说，成事在天呢？"

静姐微翘一边的嘴角，诚恳地望着我，说：

"那我就做自己的天。"

我把笔记本还给她，笑着说："有一句话说得很好，过自己想要的生活，就要付出代价。"

静姐沉思片刻,说:"我是有备而战。"
"你的代价是什么?"
"三年青春。"

后记

当你把书翻到这一页时,说明你终于可以摆脱这本书的肆虐了。无论是你耗费了几天还是几个月,它都已经过去了。也许你会觉得它不错,放在书架上,那样最好,因为那样的话我就不用因为浪费了你的钱和时间而愧疚了;也许你会觉得很烂,没有看到这里,就丢在了厕所或者垃圾桶,那我只好说对不起了,但是这句对不起,不知道你看不看得见。

从某一天开始,一些来来往往的事开始在我脑海中浮现,一幕一幕,像是一场没有主题、没有剧本的电影。但是我不想让它们随时间淡去,于是我写下了它们。是的,这只是一位高中生的独白,他还妄想这本书可以像司马迁说得那样,"藏之名山,传之其人",还好他没有走火入魔,继续妄想"通邑大都"。

我承认很多话只是无病呻吟,但是,这是我高中时代最真实的认识了,我并没有欺骗现在最真实的自己。我也不害怕贻笑大方,我觉得自己还年轻,长长的路需要慢慢走。

都说时间会改变一个人,痛苦会磨炼一个人,那我就寄希望于未来了,随时间渐渐成熟,这就是我唯一的愿望。

我终究比不上鲁迅,比不上韩寒,比不上这世间千千万万的哲人,也无法像他们那样那么独到地评论这个世界。所以,我只好在这个自认为滥情的世界里,去想一想过去的事情,然后背上背包,继续前行。

时光不停地流逝,现在也终将变成往事。逝去的人和事,要埋葬多久,才会腐烂,才能释怀。我已经不想再去思考这个问题了。

伤害我,我不恨你;忘记我,我不怨你。毕竟我不是唯一,你还是珍贵。我还在呼吸,就不该叹息。

其实,总要和回忆相遇,往事变成不散的筵席。

我不是作家,但是还是写了这些无关痛痒的情话。我本希望在这个滥情的世界里,寻得一片净土,忘却浮名,褪去华服,留出生命的空白,将回忆如酒,任自己肆意地挥洒笔墨。即便,回忆不奉陪,淡抹,也依稀醉。

于是才有了这本书,淡抹韶华依稀醉。